MEIZ
～最奥の東京に眠るもの

如月わだい

プロローグ　はじまり

その女はいつも、家からも遠く、勤め先からも遠い居酒屋に七年間通っていた。その店の常連客で、他の常連客とも仲がいい。お店もカウンターしかなく、マスターと奥さんが手伝っているだけで成り立つような小さなお店。だからなのか、どの客もマスターと話をするために通っているようにも見える。

女もマスターと話をしたいがために通う客の一人。今日も仕事を終えて、わざわざ家に向かう方向とは違う電車に乗り、お店に向かっている。

お店は山手線巣鴨駅から歩いて五分の場所にある。巣鴨といえば『お年寄りの原宿』として有名な場所で、地蔵通り商店街には有名な赤パンツも売られている。ただ女が、この土地に来る頃には商店街は大抵閉まっている。開店も早いが閉店も早いのが、この土地の常識だからだ。

今日は珍しく開店時間が十七時のお店に十七時半に着いた。女は店のドアから中を少しだけ覗いて、誰が来ているのかを確認してから勢いよくドアを開ける。

「こんばんは～！」

店の中には、居酒屋『江戸屋』のマスターと常連客の男が一人いた。二人は女が入って来たのを見て、笑顔を向ける。

「こんばんは。凛ちゃん」

常連客がそう言うと、女……榊原《さかきばら》凛《りん》は、迷わずに常連客の左隣の席に座った。

「こんばんは、山さん。早いですね」

常連客……山さんは、ビールを片手に本を開いている。山さんは、凛よりも古くからここに通う常連客で、マスターとも店が休みの時に会ったりするほど仲がいい。年齢は五十代後半で、地蔵通り商店街にある衣料品店の店主でもある。ただ、あまり仕事をする気がないのか、江戸屋が開店する前からここで飲んでいるという噂だ。（ちなみに、衣料品店は十八時が閉店時間）

「今日もいつもの？」

マスターはカウンター越しに、お通しを凛に渡すとロックグラスを手に取った。

「うん。いつものので」

凛が頷くと、マスターは「りょーかい」と言って、グラスに梅酒を注いだ。

マスターは、山さんよりも十歳ほど上だが、実際の年齢は知らない。凛も江戸屋に通うようになって長いが、自分の年齢を正確には伝えたことはなかった。

「今日は何の話をしていたんですか？」

先程、ドア越しに中を覗いたとき、マスターも山さんも少年のように楽しそうな表情をしていたので、凛は気になっていた。

「珍しいね。凛ちゃんがそんなことを聞くなんて」

山さんは、気のせいか少しだけ動揺している。

「そうですか？　ねぇ、マスター。何を話していたの？」

「はい、梅酒。何を話していたか……か。まぁ、凛ちゃんなら話してもいいか」

「？」

マスターは凛に梅酒を渡してから、山さんを見た。

「マスターがいいって言うなら、俺は何も言わないよ。それよりか、もういっそのこと、三人で行っちゃうってのはどうかな？」

「三人で……まぁ、俺がいるなら凛ちゃんも安全だし」

二人はまた、凛が店に入る前にしていた少年のような表情になる。

「えっと……どこかに行く話をしていたんですか？」

「そうだよ。ね、マスター」

「そうだな。美味しいおつまみを探しに行こうかという話をしていたんだ」

「おつまみ？　食材を取りに行くってこと？」

　凛は、まだ二人の話についていけず、首をひねっている。

「そうそう。マスターとそろそろ食べたいよねって、話をしてたんだ」

「へー！　それってどこにあるんですか？」

　凛が聞くと、マスターと山さんは顔を見合わせてニヤリとほほ笑む。

「東京の最奥だよ」

　マスターの言葉に、山さんはうんうんとうなずいている。

「俺は戦士で、マスターは僧侶なんだ」

「……え？」

　二人の話を聞いていた凛は、その言葉に戸惑う。

（戦士？　僧侶？　話がいきなりゲームの話になってる。どういうことだろう？）

「凛ちゃんは、何タイプに分類されるのか……戦士っぽくはないな」

　マスターは、じっと凛を見てそう言う。

「俺たち三人がパーティを組むなら、攻撃魔法が使えたら嬉しいよね」

「確かに。じゃあ、そう設定してしまおうかな」

話がどんどんと進んでいくが、凛はおいてきぼりだった。

「あ、あの！　さっきから何の話を？　おつまみの話はどこにいったんですか？」

「何言ってんの。ずっと同じ話をしてるよ」

「えぇ!?」

凛は混乱するが、ここは居酒屋で、お酒の席だったということを思い出した。

（私は、まだお酒が足りないんだ。だから、話についていけないのかも……）

凛はそう思うと、マスターに入れてもらった梅酒を一気に飲み干した。

「マスター！　もう一杯！」

「ん？　二杯目は、おつまみを取ってきてからにしよう。初めての人には、ハードかもしれないから」

そう言うと、マスターは何の前触れもなく店の電気を消した。

「え、え？」

「お、いよいよだねぇ。久々だから腕が鳴る～」

「？？？」

「じゃあ、行くぞ！　三、二、一……!!」

マスターのカウントダウンが終わった瞬間、凜が座っていたイスが消え、彼女は浮遊感に襲われる。

「なっ!?　……っ～!!」

凜は突然の出来事に、悲鳴ともいえない悲鳴を上げて、どこまでも落下していったのだった。


浮遊感は唐突におさまった。

（ど、どうなってるの？）

凜はとりあえず、落ちている状態ではないという認識ができたので、恐る恐る目を開けてみる。凜の前に広がっていたのは、真っ暗な空洞のような場所だった。どこをどう見ても、江戸屋の店内ではない。

「何これ……どういうこと」

「あっれ～？　初めて見る顔だね！」

この場の雰囲気に相応しくない明るい声が聞こえてくる。凛が振り向くと、そこには青髪短髪の少年がいた。

(少年って言っても……二十歳ぐらい?)

透き通った青い髪は、少し日本人離れした美形の彼にとても似合っている。

「おねーさん、マスターのお使いできたの?」

「え。マスターって、江戸屋のマスター?」

少年から知り合いの名前が出てきて、凛が抱いていた不安が少しだけ和らぐ。

「うんそうだよー。……でも」

少年は、そこで言葉を止めてから、凛の周りをぐるっと一周する。

「一人でここに送られてくるなんて、おねーさん、よほど信頼されてるんだね」

その言葉で、凛はさっきまでマスターと山さんと一緒にいたことを思い出した。

「いいな。僕なんて信用されるまでに時間がかかったのに」

少年は凛に焼きもちを焼いているのか、拗ねたような表情を見せる。

「えっと。私一人で来たわけじゃないの。マスターたちも一緒に来たと思う……」

「えっ、本当⁉」

そう言うと、少年は目を閉じた。

「……探さないの？」

「今、探してるんだよ。ちょっと黙っててくれる？」

凛には探しているようには見えなかったが、そう言われると黙るしかない。

「あ～。いないじゃん」

少年は目を開けると、脱力しきった表情でそう言った。

「いないの？」

「マスターたちはこっちに来るのに失敗したみたいだね。今もお店にいるよ」

「失敗？　お店に……って、普通に話を進めていたけど、ここってどこなの？」

あまりにナチュラルに登場した少年のせいで、普通に話を進めていた凛だが、自分が置かれている事態を再認識した。

「どこって……最奥だよ」

「最奥……あっ。そう言えば、マスターが東京の最奥って言ってた」

「なんだぁ。聞いてるじゃん。食材を取りに来たんでしょ」

「食材……あぁ!!」

少年の言葉に、凛はようやく自分の置かれている状況がわかった。

(確かに、ここに来る前に、マスターと山さんが言ってた。東京の最奥におつまみを取りに行こうって。ってことは、この暗い場所が、マスターたちが言っていた場所なんだ)

凛は改めて周りを見渡す。

「じゃ〜そろそろ行こっか」

「行く?」

「だって、マスターたちは、こっちに来るの失敗しちゃったけど、おねーさんが調達できればお店に行けるし、それに出発の準備は終わってるでしょ」

「え?」

そう言われて凛が自分の手元を見ると、万年筆と小さなメモ帳を持っていた。

「え、なんで」

「何でって、それがおねーさんの武器だよ」

「武器……あ」

凛はもう一つ忘れていたことを思い出した。江戸屋でマスターたちが、戦士や僧侶という言葉を使っていたことを。

「って、これが武器なの？　私、何をする人？　マスターたちは魔法使いがいいみたいなことを言ってたけど」

「魔法使いじゃない？」

「これのどこが⁉」

「どこがって……。万年筆で魔方陣を描くんだよ」

「万年筆で⁉」

凛の中で、魔法使いと言えば、杖を持っていたりホウキを持っていたりするイメージがある。万年筆で魔方陣を描く魔法使いというのが、理解できなかった。

「ここでは、その人が普段持っているものが武器になるから、別に変じゃないよ」

「そうなの？　確かに、この万年筆は私がいつも持ち歩いているものだけど……。え、じゃあ、マスターたちの武器ってここでは何になるの？」

「……おしえな～い。おねーさんばかり、マスターと触れ合っててずるいし」

「教えないって……」

子どもっぽい対応をしてくる少年に、凛は緊張感を持つことができない。

「そうだ。おねーさん名前を教えてよ。僕に弟キャラ的な役割を担ってほしいっていうなら、教えなくてもいいけど」

「そんな趣味はないよ。私は榊原凜。マスターたちには、下の名前で呼ばれてる」

「ふーん。やっぱり仲がいいんだ」

少年は不満そうな顔をする。

「ま、いいや。僕はアミュー。この最奥……龍の洞窟の案内係だよ」

「龍の洞窟!?」

「凜を龍のところまで案内してあげるよ」

そう言って、アミューは凜の手をとる。だが凜はすぐにその手を振りほどいた。

「ちょっと待って。龍のところまでって何!?」

「何って、凜は食材……龍の鱗を取りに来たんでしょ」

「龍の鱗!?」

「龍の鱗を使うマスターの料理が、すっごく美味しいんだよね。僕も久しぶりに食べたいし。頑張ってね」

アミューは、バシバシと凜の背中を叩く。

「アミューは戦わないの？」

「だって僕は、ただの案内係だから」

「えぇっ」

「それじゃー、今度こそ行くよ～」

「いや～！」

アミューは嫌がる凛の手を引いて、暗闇の中へと歩き出した。

【本編】旅の始まり　～東京の再奥で

一番

アミューに手を引かれながら歩いていくと、ようやく目が慣れてきたのか、凛は周りの景色が少しわかるようになってきていた。

（この雰囲気って、どっかで見たことがある気がするんだよね）

凛は思っていることを聞いてみようかと思い、足を止める。

「どうしたの？　あぁ、手をつないだままだったんだね。……凛も周りが見えるようになってきたみたいだし、離してあげる」

アミューは凛の手を離した。

（そっか、手をつないでいたのは、私が暗い場所で歩けないと思ったからなんだ）

アミューは意外といい奴なのかもしれないと凛は思った。

「ありがとう……って、そうじゃなくって。ここって何か知っている場所のような気がするんだけど」

　凛は周りを見渡している。

「ふ～ん。ま、そのうちわかるんじゃない？」

　アミューは意味ありげな言葉を口にする。だが、それ以上は何も言わずスタスタと歩いていく。凛も慌てて後を追った。少し進むと、左右に続く分かれ道にぶつかる。凛はどちらも覗き込むが、真っ暗で先が見えない。

「これはどっちに行くの？」

「どっちがいい？」

「はぁ？　案内人でしょ？　ちゃんと道を教えてよ」

「なんで？」

　アミューは驚いたというような表情で、凛を見る。

「何でって……え、なに、もしかして道を選ぶのは私なの？」

「そうだよ。マスターはいつも、俺はこっちの道を行くから、アミューもついてきなさいって言って、どんどん進んでいくんだよ。かっこいいよね」

　アミューは、マスターのことを思い出しているのか、口元が緩んでいる。

「マスターは、龍の場所までの道を覚えていたからでしょ？」

「……」

凜とアミューは無言で見つめあってから、アミューはため息をついた。

「……仕方ないなぁ。じゃあ初めだけだからね。正解は左の道。右に行くと女神がいる所に着いたんだよ」

「へぇ、女神もいるんだ……って、正解とか不正解とかあるんじゃない！　今はマスターがいないんだから、ちゃんと最後まで案内してよね！」

「面倒だな〜」

アミューは本当に面倒くさそうな表情をして左に曲がった。凜も慌ててついていく。龍の洞窟とアミューが呼んでいる場所は、凜が知っている洞窟の表面とは違っていた。洞窟といえば、ごつごつとした岩肌が見えていたりするものだが、凜たちが歩いている場所は、ちゃんと舗装されているのだ。

(人の手が入っているってことだよね)

道も暗いとはいえ、等間隔で小さな灯りが天井付近についている。この灯りが消えてしまえば本当に真っ暗になり、何も見えなくなってしまうだろう。

（この壁って、どんな素材でできているんだろう？）

※ここからは選択肢が現れます。読んでみたいと思う方を選んで、そこに書かれている番号の文章から読み始めてください。

★壁に触ってみる→三番へ

★壁に触らない→五番へ

二番

真っ直ぐに進むことを決めた凛は、右に伸びる道を横目で見ながら歩いた。

（ここで曲がっていたら、何か違ったのかな？）

そんなことを思いながら歩いていると、またすぐに分かれ道に遭遇した。

「また真っ直ぐな道と右に曲がる道だ……」

「そうだね。どっちに行きたい？」

全く案内をする気のない案内係のアミューが聞いてくる。

「さっきは私が決めたんだから、次はアミューが決めてよ」

「面倒だよ」

　明後日の方向を見ているアミューに対して凛は、わざとらしくため息をついた。

「あぁ～あ。龍の鱗を持って帰ってあげたら、マスターに喜んでもらえるのにな。手ぶらだと、きっと悲しむだろうな～」

　若干棒読みな言葉だったが、アミューの心には鋭く突き刺さった。

「……よし、右に曲がろう。行くよ、凛！」

　さっきまでの態度とは違い、案内人らしくテキパキとした動きに変わった。

★→十一番へ

三番

　凛は思い切って壁に手を当て――

「ダメ！」

　前を歩いていたアミューが突然大声を出す。あまりにも大きな声だったので、凛は驚いて後ろに倒れそうになった。

「っととと。ビックリした。急に大声を出さないでよ」

「ビックリしたのは、こっちだよ。今、何をしようとしたかわかってるの!?」

アミューは少し怒っているようだ。だが凛には、なぜなのかがわからない。

「もう、ちゃんと見てよ。そこに大きな蜘蛛がいるの見えないの?」

「く……も? ……うわっ!!」

凛の手の少し先に、直径十センチほどの蜘蛛が壁に張り付いていた。凛は恐怖のあまり勢いよく走り出す。

「ちょ、ちょっと! 勝手に進まないでよ!!」

暴走した凛を捕まえようとアミューも走り出す。途中で曲がり角があったが、それを確認している余裕は凛にはない。

「凛、ストーップ!!」

アミューは必至で叫ぶが、凛の耳には届いていない。

(こうなったら物でも投げて、無理やり止めるか?)

走りながらポケットを探っていると、ちょうどいい大きさのボールがあった。

★ボールを投げる→六番へ

★ボールを投げない→十番へ

四番

凛は何もない時に魔法を使うのは、もったいない気がして描くのをやめた。すると、また分かれ道に遭遇した。

「今度はどっちに行くの？」

「……だから、僕は案内はしないって言ったと思うけど」

アミューはご機嫌斜めのようだ。凛はふと自分の肩にかかっていたミニバッグの存在に気付く。

(私、こんなのかけてたんだ。……これ最近全く使っていなかったバッグだ)

何が入っているのかと思って開けてみると、飴やチョコレートが入っていた。

「何でお菓子が……」

「お菓子？」

凛の言葉にアミューが反応する。

「……チョコ食べる？」

「!!」

アミューは今まで見せたことのないような、キラキラした瞳で凛を見てくる。

どうやら、チョコレートが好きらしい。

「はい。あげる」

「ありがとう!!」

凛はようやくアミューと打ち解けた気がして、曲がり角を曲がるのを忘れ、そのまま真っ直ぐの道を歩いた。まったりモードで歩いていた二人の前に、また分かれ道が現れた。真っ直ぐに進む道と右に曲がる道がある。

「凛はどっちに進みたい？」

今までとは違い、棘のない話し方になっている。チョコレート効果は出ているようだ。それでも、道を決める気はないようだが。

「うーん。それよりもチョコを食べたら、お腹空いてたのを思い出しちゃった」

まったりモードが続いている凛は、アミューの変化に気付かない。本人は、今が洞窟を探検中だということも忘れている可能性もある。せっかく心を許しかけたアミューだが、凛の言葉に呆れたような表情をする。

「ってわけで、早くここを出てご飯にするよ！　アミュー！」

と、いきなり謎のやる気を見せた凛は、アミューの手を引っ張って走り出した。

★走るなら直線→七番へ

★ちょっといい匂いがした気がする右へ走る→二十六番へ

五番

凛は出しかけた手を引っ込める。

(子どもじゃあるまいし、いちいち触ることもないよね)

何となく壁が気になると思いつつも、凛はそのまま黙って歩いた。少し歩くとまた曲がり角に遭遇する。

「今度はどっちに行くか、自分で決めてよね」

態度の悪い案内係のアミューに文句を言いたくなる凛だったが、一回ぐらいは自分で決めるのも悪くないとも思った。凛たちの目の前には、真っ直ぐに伸びる道と、右に曲がっている道の二つがある。

★真っ直ぐ進む→二番へ

★右に曲がる→八番へ

六番

アミューは暴走している凛に向かって、思いっきりボールを投げつける。ボールは見事背中に当たり、凛は前に倒れた。

「うぅっ」

凛は痛みを感じながら顔を上げる。ようやく冷静さを取り戻したものの、その代償は大きかった。

「ようやく止まった。蜘蛛ぐらいでいい加減にしてほしいよ」

アミューは悪びれることもなく、そう言って凛に近寄る。

「ちょっと、扱いがひどすぎない？」

「優しくする必要もないよね？」

手を差し伸べてくる気配のないアミューに、凛はジロリと睨みつけて自力で立ち上がった。

「で、どっちに行くの？」

案内をする気のない案内係のアミューが聞いてくる。そう言われて周りを見ると、真っ直ぐに伸びる道と右に曲がる道があった。

「……じゃあ、右に曲がるわよ」

凛はキレそうになりながら道を決めたのだった。

★↓十一番へ

七番

体力の限り直線を走った凛だったが、数メートル進んだだけでお腹が鳴り、体力切れで倒れる。手をつないでいたアミューも一緒に倒れそうになったが、ギリギリのところで手を離して回避した。

「凛は思いつきで行動しすぎ！」

アミューは両手を腰に当てて怒るが、凛は空腹すぎるせいか返事をしない。

「ちょっと聞いてる？」

「……ご飯食べたい」

「……聞いていないみたいだね」

アミューは凛の近くに座り、壁にもたれて目を閉じた。頭に浮かぶのは、江戸屋でマスターが、ご飯を振る舞ってくれている暖かくて優しい時間。

「マスターに会いたいな……」

「……会えばいいじゃない」

倒れたままの凛がアミューの独り言に応対してくる。

「僕の場合、そんなに簡単に会えないんだよ」

★「店に行けばいいだけ」と言う↓九番へ

★「なんで？」と聞く↓三十七番へ

八番

右に曲がった凛たちは、また真っ直ぐな道をゆっくりと歩いていた。

「ぐぉぉぉぉ～」

洞窟全体に響くような大きな声が聞こえてくる。

「な、何⁉」

凛は思わずしゃがみ込む。

「あぁ、近くにモンスターがいるんだろうね」

だがアミューは、冷めた口調でそう言い、全く興味がなさそうだ。

「モンスターって何よ⁉　龍のこと？」

「龍とモンスターを一緒にしちゃ、龍が可哀想だよ。龍より強いやつなんて、そう滅多にいないいんだし」

凛はアミューの言葉の意味を考える。そして、自分が恐ろしいことをしようとしていると気づき、今来た道を引き返えそうとした。

「ちょっと、どこ行くのさ？」

「……帰るのよ。だって私が勝てるわけないじゃない」

だが歩こうとする凛の腕を、アミューが掴んで止める。

「勝てるとか勝てないとかじゃない。地上でマスターが待ってるんだから、行くしかないんだよ。それに、まだ一度も戦っていないのに、自分の力量がわかるの？」

「戦う……」

そう言われて凛は、ここに来たばかりの時に、自分の武器が万年筆だと言われたことを思い出した。

（万年筆で、どうやって戦うの？　漫画とかアニメみたいに魔方陣でも描けっていうの？　魔方陣なんて知らないのに？）

「それに、負けたって大丈夫だよ。元いた場所に転送されるだけだし」

凛はアミューの言葉で抵抗を止めた。

「死んだりしないの？」

「残念ながら。そういう場所じゃないからね」

「……そうなんだ」

アミューの「残念ながら」という言葉に、若干の棘を感じつつも、死ぬことはないという言葉に救われた。

（そっか、だったら……ここでのことはゲーム感覚でいいのかもしれない）

凛は手に持っている万年筆を見る。
★試しに魔方陣を描いてみる↓十二番へ
★魔方陣は描きたいが我慢する↓四番へ

九番
「え？　店に行けばいいだけじゃない」
凛はアミューが悩んでいる理由がわからず、思ったことを口にした。

「だから僕の場合は……」

「だって、一人でも行けるんでしょ？」

地面に倒れっぱなしだった凛は、ムクリと起き上った。

「それは……我慢ができなくなって。でも、大抵は、僕が耐えられるうちにマスターがここに来るから、一緒に行くことがほとんどなんだ」

★そこまで我慢する気持ちがわからない↓十三番へ

★慰める↓五十三番へ

十番

アミューはボールを投げつけようかと思ったが、さすがにそれはやりすぎかもしれないと考え、思いとどまった。

（それにどっちみち、このまま走り続ければ行き止まりになるし……）

暴走している凛は、周りが何も見えていないらしく、とにかく真っ直ぐに走り続けている。よほど蜘蛛が嫌いだったのだろう。

ドーンンンン

暗闇の向こう側で、前を走っていた凛が壁にぶつかる音がした。壁に近づいてみると、凛が仰向けで倒れている。

「おーい、生きてる？」

アミューは声をかけるが、凛は返事をしない。ただ、胸は上下に動いていた。

「……生きてはいるんだ。よかった」

アミューは凛の目が覚めるまで、隣に座って待つことにする。そして十五分くらいの時間がたつと、凛は目を覚ました。

「おはよう」

アミューが声をかけると凛は何が起きたのかと、上半身を起こして周りを見る。だが、何があったのかは思い出せないらしい。ただ、目の前に右に曲がる道があるのに気づいたようだ。

「……あ、あそこにあるのって……」

暗闇の中に光る何かを見つけた凛は、立ち上がって右の道に進んだ。

「ちょっと待って。勝手に進まないでよね。……本当に身勝手な女」

ため息をつきながら凛の後を追う。だが前を歩く凛はすぐに立ち止まった。

「これ……日本酒……しかも熱燗⁉」

凛の目の前には小さなちゃぶ台と、熱々の日本酒が一合置かれている。

「……ここに、火を起こすものがあるの⁉」

凛は辺りを見渡すが、やはり今まで歩いていた洞窟と同じで、コンロのようなものはない。ただ、あと数メートルほどで行き止まりなのだけはわかった。

「熱燗が出てきて最初の反応がそれって、凛ってやっぱりどこかズレてるよね」

「そう？　でも、こんな洞窟の中で熱燗が出て来たら、さっきまで誰かが温めてたのかって思うじゃない」

「？」

「あぁ、そういう意味ね。まぁ、この辺りは古い居酒屋もあるしね」

アミューはそう言うと、行き止まりに向かって歩き出す。凛は怪しげな熱燗を置いて、同じように歩いた。行き止まりの壁の下には小さな扉がある。

「何、この扉」

「出口」

「え？」

　そう言われて扉を見ると、扉には小さな文字で「西日暮里」と書かれていた。

「ま、冒険失敗ってことだね。今度はちゃんとマスターと来ようよ。その方が、僕もやる気が出るし」

　アミューはしゃがんでその扉を開いた。すると、辺り一面にまばゆい光が――。

★↓百十五番へ

十一番

　右に曲がると、これまでいた場所よりも少し明るくなった。

「そういえば、ここって、マスターと山さん以外にも来たりするの？」

　凛はふとそんなことを聞く。

「何でそんなことを。あぁ……よく分かったね」

　だがアミューは、少し間を開けてからそう言ってニヤッとほほ笑んだ。

「魔法使いってだけあって、感知能力にも長けてるんだ」

「はい？」

　凛は首をかしげる。

「この洞窟内に、他にも人が紛れ込んでいるのに気づいたんでしょ？」

「え！　そうなの⁉」

「え？」

アミューと凜は向き合って、お互いの言葉に驚きあっている。

「……他の人がいるとわかったから聞いてきたんだよね？」

「ううん。何となく聞いただけだよ」

アミューはガクっとその場で手をついた。

「アミュー？」

★凜は「大丈夫」と声をかける↓十四番へ
★アミューが起き上がるまで待つ↓十六番へ

十二番

凜は試しに魔方陣を描くことにした。なんとなく万年筆と一緒に握っていた手帳を開いてみる。そこには魔方陣がいくつか載っていた。火の攻撃魔法が二つと風の攻撃魔法が一つ。補助魔法が一つ。回復魔法は描かれていない。

「すごい！　初めっからこんなに使えるんだ！」

凛は嬉しくなって、手帳をアミューに見せる。だが、彼は興味がないらしく、

「へー」としか言わない。

（相変わらずテンションが下がる対応。とりあえずこの補助魔法を使ってみよう）

凛は魔方陣を描こうとキャップを外す。万年筆の先は青い光を放っていた。

（これはもしかして、空中に描けちゃうとか？）

凛は思い切って空中に万年筆を走らせる。すると凛の読み通り、空中に魔方陣が出現した。

「すごーい！　本当に漫画みたい！」

「……ところで、それって何の魔法？」

ずっと傍観していたアミューが聞いてくる。

「……効用は手帳に書いてないね。とりあえず、発動すればわかるんじゃない？」

「え？」

凛は万年筆で、出来上がった魔方陣を突っつく。すると、魔方陣から緑色の光の玉が現れ、凛とアミューを呑み込んだ。そして……。

「わっ！」

「ちょっ⁉」

　二人の足が勝手に動き出し、超高速で走り出す。

「こ、これ、モンスターから逃げ出すときに使う魔法！」

「そ、そうなの⁉　モンスターもいないのに⁉」

　二人は真っ直ぐ走り、右に曲がる道を見つけると、自然と足も右に曲がる。そしてしばらく走ると、急に止まった。どうやら術にかかっている人間の体力の限界が近くなると、自然と止まるらしい。

　凛は肩で息をしながら、手帳に描かれている魔方陣の下に効用を書き足した。すると、さっき使った補助魔法の隣に、新しい魔方陣が現れる。一度魔法を使って効用を書き記すと、新しい魔方陣が現れる仕掛けらしい。

「ぐぉぉぉぉん」

　少し歩くとモンスターの鳴き声が聞こえてきた。今度はさっきよりも大きな声だ。モンスターのいる場所に近づいているのかもしれない。

「凛！」

体力的ダメージを受けてヘロヘロのアミューは前を指す。そこには、右、左、真っ直ぐに伸びる三つの道があった。

「また、私が選ぶの？　もう、面倒だしこの棒で決めよう」

そう言うと凛は、道の真ん中に棒を立てた。棒が倒れたのは……。

★右↓十八番へ

★真っ直ぐ↓二十三番へ

★左↓十五番へ

十三番

「うーん、やっぱり我慢する理由がわからないよ」

「……」

アミューは凛を睨み付ける。だがアミューは何も言わず黙り込んでしまった。

「だって、一人でも江戸屋に行けるんでしょ？　誰かに止められているわけでもないし、道がわからないわけでもない」

凛は黙ったままのアミューの肩に手を置く。

「マスターは今、お店にいるんだよね？　だったら、一緒に行こうよ」

「……え」

アミューは驚いたというような表情で、凛を見る。

「凛は……龍の鱗が欲しいんじゃないの？」

「いや、別に。私はマスターの料理が食べられれば幸せだし。アミューは違うの？」

「……っ！　江戸屋に行こう」

「うん！　そうこなくっちゃ」

二人はそう言い合い、アミューと凛はその場から消えたのだった。

★↓九十九番へ

十四番

「大丈夫？」

凛はよくわからないものの、そう声をかけた。

「ううん。いいよもう。凛が、どういうタイプの魔法使いなのかがわかったから」

「？」

「僕が手助けしなくても、モンスターを倒すことができるってことだよ」

「え、ここってモンスターとかいるの!?」

凛は驚いて周りを見渡す。だが周りは暗いため、少し先の道しか見えていない。

「当たり前でしょ。ここはただの迷路じゃないんだから……そうだ、ちょっとさモンスターと戦ってみようよ」

「はい?」

ちょっとそこまで買い物に行こう的なノリで、アミューは凛の腕を引っ張る。

「二個目の曲がり角を左に曲がるとモンスターがいるんだよ。だから行こう」

アミューに連れられて向かった場所は、少し広い空洞になっていた。その空洞には何もいないはずなのに、凛は寒気を覚える。

「さぁ、早速戦ってみよう。僕がいなくても簡単だってわかるはずだから」

だがアミューは、相変わらず気楽な感じでそう言い、凛の背中を押した。凛が空洞に足を踏み入れると、その瞬間閃光が走る。光が収まったかと思うと、何もなかった場所に魚の切り身が現れた。

「……え」

魚の切り身は通常だと手のひらサイズだが、今二人の前に現れた魚の切り身は、一メートルはゆうにある大きさ。さらに細かく言うのであれば、おそらくサバの塩焼きの切り身だ。

「……」

凛はまだ何を言っていいのかわからず、固まったままだ。

「ほら、ボーっとしてたら攻撃されちゃうよ!」

アミューは、この洞窟にいるモンスターを見慣れているせいか、戸惑うことなく凛に戦うように応援をする。

★素手で戦う↓十七番へ

★魔法を使ってみる↓十九番へ

★戦うのを拒否する↓二十九番へ

十五番

左に曲がると、すぐに壁にぶつかってしまった。

「行き止まり?」

凛はそう言いながら壁に触れる。周りをよく見ていると、左側にまだ道が伸びているのが見えた。

「あ、曲がり角だったんだ」

「……」

全ての地図が頭の中に入っているアミューは無言で頷いた。

(アミューが道案内をしてくれたら、すぐに地上に帰れるのに……)

と思う一方で、凛はなんだかんだと自分で道を決めて突き進んでいくのも、楽しいと思うようになっている自分に気づいていた。左の道は、さっきまでいた場所よりも薄暗くなっており、数センチ先が真っ暗で何も見えない。

「道が暗いと思ったら、灯りが弱いんだね」

「まぁ、マスターはこんな所には来ないから……あ」

アミューはそう言ってから、慌てて口に両手をあてる。二人は無言で見つめあっていたが、アミューが先に視線をそらした。

「……つまりこの道は、間違いってことね？」

「……」

アミューの視線の位置が、どんどんと下がっていく。

「でも、マスターも来ない場所なら、もうちょっと進んでみようかな。何か発見があるかもしれないし」

「え？」

凛の言葉に驚いたアミューは顔を上げた。

「話のネタになりそうなことは、とりあえずやってみる性格だからね」

凛は意気揚々と真っ暗な道を突き進んだ。初めは少し暗いだけだったが、段々と目を凝らしていても何も見えない状態になっていく。そのせいで、凛とアミューはお互いに姿を確認し合うことができない。

「アミュー？　いる？」

凛は不安になって声をかける。

「もう進むの諦めたら？　これ以上……」

と、言いかけたところで、アミューの声が聞こえなくなった。

「え、ちょっと？　アミュー？」

★大声を出す↓二十二番へ

★魔法を使う↓五十一番へ

十六番

（こいつ……直観力だけ異常に優れたタイプの魔法使いだ。迂闊なことを言うと、僕が教えたくないことまで、全部ばれてしまう）

アミューは地面に手をついたまま、心配そうに見ている凛を睨みつけた。

「地面ってあまり綺麗じゃないと思うんだけど……」

凛にそう言われて、手を見ると湿った土がついていた。

「う……って、いや、そんなことより！　ほら、そこ。少し行ったところが分かれ道になってるよね。好きな方を選んで」

アミューは手を払いながら立ち上がる。

「分かれ道？　それより、さっきの他にも人がいるかもっていう話の続きは？」

「うるさい！　その話は終わったの！」

★アミューをなだめる↓二十番へ

★アミューをなだめない↓二十四番へ

十七番

素手で戦うことを決めた凛は、テレビで見たボクシングを思い出しながらパンチを繰り出す。だが意外と素早い魚の切り身には当たらない。

「何やってるの！　凛は魔法使いでしょ!?」

「いや、うん……そうなんだけどね。なんとなく……」

凛はこぶしを引っ込め、魔法を使ってみることにした。

★↓十九番へ

十八番

右の道へと進むと、これまで歩いてきた道よりも、幾分か狭くなっていた。

「……なんか心なしか、この辺りって寒くない？」

凛は両肩に手を当てている。

「あぁ、この先は冷蔵庫だからね」

「はい？　洞窟に冷蔵庫ってどういうこと？」

「うーん。まぁ、行けばわかるよ。自分の目で見たほうが早いと思うし」

「……危険だったりしないの？」

「危険じゃない場所なんて、ないんだけど」

二人は相変わらずかみ合わない話をして歩き出す。だが進めば進むほど、気温は下がっていった。

「ちょっと……これ以上はきついんだけど」

周りの壁も霜が付き、白く染めている。

「ここの道はちょっと長いからね。今で半分ぐらい進んだところだよ」

一応、洞窟の全体像を把握しているアミューが答える。

「半分!?　え、じゃあまだまだ寒くなるってことよね」

と、そんな凛の目に、自分が持っている万年筆と手帳が入った。

(さっき見たとき、火の魔法があったはず。どんな効果は使っていないからわからないけど、もしかしたら体を温められる？)

★魔法を使う↓二十一番へ
★寒さを我慢する↓四十七番へ

十九番

魔法で戦うことを決めた凛だが、これまで一度も魔法を使ったことがなかったので、どうしたらいいのかがわからなかった。

（万年筆で魔法ってどうすればいいの？　振るの？　投げるの？　描くの？）

★万年筆を振る↓二十五番へ
★万年筆を投げる↓四十一番へ
★万年筆で何かを描く↓二十七番へ

二十番

「さっきから、本当にどうしたの？　そんなに聞かれるのが嫌だった？」

凛はアミューの怒りの沸点がよくわからない。

「……嫌というか」

冷静な言葉で聞かれると、アミューはどうして怒っていたのかがわからなくなる。自分の感情がわからないアミューは、咳払いをしてから凛を見た。

「なんでもないよ。ゴメン。態度が悪かったよね」

「……よくわかんないけど、聞かれたくないことなら聞かないよ。他にも人がいるなら、そのうち出会うだろうし」

凜は、あっけらかんとした表情でそう言う。

(マスターのことがあって敵対心があったけど、凜は敵ではないんだよね……もう少しだけ優しくしようかな)

アミューがそう思っていると、凜はアミューに何も言わずに左へと曲がった。

「え、ちょ、ちょっと、何で勝手に進むんだよ!」

「ん？　勝手にというか、何かこっちの道が気になって。ほらほら早くしないと置いてくよ～」

凜はさっさと歩いていくのでアミューは慌てて追いかけた。

「この洞窟って、ずっとこんな感じなの？　全部同じ景色だし退屈じゃない？」

「退屈？　それに全部同じ景色ではないよ」

そう言うと、アミューは壁に触れた。するとその場所だけ少し光が灯る。よく見ると、アミューが触った場所には電気式のランプがあり、明かりをつけただけだった。よく見ると、他にもたくさん電気のついていないランプがある。

（ここが暗いのは、電気をつけていないからなんだ）

「……ってランプがあるなら、初めから明るくしててよ」

「あぁ、それは、先の道まで見えてしまったら、楽しみが半減しちゃうでしょ？」

「楽しみ……？」

「人間って、こういう迷宮が好きなんでしょ？」

　凛は足を止める。

（それじゃあここは、人間のエゴでできている洞窟なの？）

　いまいちここの存在理由をわかっていなかった凛だが、そう思うと何となく気分が悪くなった。人のエゴでできている世の中だが、一見未開の地のような場所もエゴでできているなら、純粋なものはこの世に存在しない気がしたからだ。

　凛が前を見ると、アミューは電気をつけたランプの前で、手招きをしている。

★アミューに近づいてみる↓二十八番へ
★怪しいので近づかない↓四十四番へ

二十一番

「よし、魔法を使ってみよう」

凛はそう言うと、手帳を開けた。手帳には火系の魔方陣が二つ描かれている。一つはあまり書き込まれていない魔方陣。もう一つはかなりぎっしりと細かく書かれている魔方陣だ。

「どっちの魔方陣にしよう？」

★書き込まれていない魔方陣↓六十七番へ
★書き込まれている魔方陣↓三十番へ

二十二番

「アミュー!!」

凛は喉が裂けてしまうのではないかというぐらいの大声を出した。

ビシッ
凛の声に、周りの洞窟が軋む。

「ちょ、うるさいよ」

一瞬消えていたアミューの小さな声が、凛の隣から聞こえてきた。

「よかった。隣にいるんだね」

「……手を繋いでいるんだからわかるよね。むせて声が出なかっただけだよ」

そう言うと、アミューは握っている手の力を強めた。

「だって不安だし……。でもよかった、ちゃんといてくれて」

凛はホッとして、また歩き出そうとするが、アミューに後ろに引っ張られた。

「っていうか、無理だってこの道は。今回は大目にみてあげるから引き返すよ」

「大目にみる？」

「……その言葉に引っかからなくていいから、ほら、こっち」

アミューはそう言って強引に話を進めた。そして先ほどの分岐点に戻り、

★真っ直ぐの道に進む↓二十三番へ

★右に曲がる道に進む↓十八番へ

二十三番へ

真っすぐの道を選んだものの、少し歩くとすぐに左に曲がる道になっていた。

「うっ」

　凛は角を曲がった途端に声を発する。

「どうしたの？」

「何か……寒気がして」

　凛は右手で左の二の腕をさすっている。何かを感じ取っているようだ。

「へー。凛って勘のいい魔法使いなんだね」

「勘？」

「うん。多分もうすぐしたらわかるよ」
★いったい何があるのかを問いただす→三十三番へ
★アミューの言葉を気にせずに歩く→三十六番へ

二十四番

「……」

　凛はただ単に虫のいどころが悪いだけだろうと思い、声をかけなかった。

（でも分かれ道か……。この洞窟って迷路みたい。正しい道もわからないし。今、どれくらい進んだのかもわからない……）

　凛はそう思い、ため息をついた。

「……ごめん」

　凛が途方に暮れていると、アミューが急に謝ってくる。

「さっきの、態度悪すぎたよね」

　急にしおらしくなったアミューの心の変化が、凛は理解できなかった。

「だからここの道の正解を教えるよ。ついてきて、こっちだよ」

　そう言うとアミューは、右には曲がらず真っ直ぐに進んで行く。

「右に曲がると遠回りになるんだよね」

「……そうなんだ。って、やっぱりここの道全部覚えてるんじゃない」

「それはもちろん。だって僕はここに、何十年もいるんだからね」

「え？」

　凛は驚いて足を止めたが、アミューは曖昧な笑みを浮かべただけで足を止めなかった。それについては語る気はないらしい。

★三十一番へ

二十五番

凛はとりあえずキャップを外し、万年筆を振ってみた。すると空気中に縦の光の線が現れた。万年筆の先の動きが、そのまま形となるようだ。

「何これ、すごい！　どういう仕組み？」

凛は全く戦う気のないアミューを見る。

「いやいや、仕組みとかどうでもいいじゃん。ぼーっとしてたら、モンスターからの攻撃が来るよ」

「え？」

シュッシュッシュッ！

魚の切り身は、自分の体の一部を凛に向けて投げつけてくる。

「わぁ!?　もったいない！」

魚の切り身が投げているのは、普段お店で出てくるサイズの魚の切り身のため、食べ物を投げている状態だ。

「これ、食べられるやつだよね？」

地面に落ちた魚の切り身を手に取ってみると、残念なことに焼けていない状態だった。

「……焼かれてたら食べられたかもしれないのに。生はちょっとキツイかな」

「って何の話をしてるんだよ！　早く魔法で相手を倒して！」

凛は戦う相手が魚の切り身という事実を受け入れつつあるのか、随分と余裕があるようだった。

（よく考えなきゃ。この光る万年筆で戦う方法を）

★万年筆を投げる→四十一番へ
★万年筆で何かを描く→二十七番へ

二十六番

いい匂いのした方へ曲がる。するとまた分かれ道が現れ、真っ直ぐに伸びる道からはシチューのいい香りがし、左に曲がる道からは焼き魚の香りがしていた。

「えぇっ!?　どうすればいいの!?」

凛は曲がり角の真ん中で悶絶する。

「えぇっと……ここは洞窟なんで、そういうのはちょっと違うと思うんだけど」

凛のテンションについていけないアミューは、ため息交じりにそう言う。

「洞窟？　そんなの関係ないよ。だって私、お腹が空いているんだもん」

「……」

アミューは話すのも億劫になり、凛の服の袖を掴んで左へと曲がろうとした。
★アミューに引っ張られるままついていく↓三十二番へ
★アミューの手を振りほどいてシチューの匂いのする方へ行く↓三十九番へ

二十七番

（万年筆で魔方陣を描くっていうのが正解よね。でも、何を描けば……？）

凛はそう思いながら、キャップを外した。万年筆のペン先は光っている。どうやらこれで何かを描くという発想はあっているようだ。

（あとは何を描くかを決めるだけ！）
★文章を書いてみる↓三十四番へ
★模様を描いてみる↓四十番へ
★取扱説明書がないかどうかを探す↓六十一番へ

二十八番

アミューに近づいてみるとランプを見せてくれた。ランプは、おもちゃのような簡単なものだった。

「?」

凛は何故これを見せてくれたのかがわからず、首をかしげる。

「わかった?」

「何が?」

「……だから、全部同じ景色じゃないってことだよ。ちゃんとよく見てよ」

そう言われて凛は、アミューの手元のランプと他のランプを見てみた。確かに同じ形のものもあるものの、ほとんどが違う形をしている。

「この洞窟を照らしている光は、一人の人間がもたらしたものじゃないんだ。たくさんの人たちが、ここを明るくしようと思って持ってきてくれたものなんだよ」

アミューは何かを思い出しているのか、優しいような寂しいような表情になる。

★「ここは一体……」↓三十五番へ

★「すごい……!」↓六十三番へ

二十九番

戦い方がわからない凛は逃げ出すことを選択した。前には魚の切り身がいるため、後ろに向かって逃げるしかない。

「……!?」

だが、アミューの立っている位置よりも後ろには行くことができなかった。目では見えない大きな壁があり、それにぶつかってしまうのだ。

「あぁ、言うのを忘れてたけど、ここは一部の行き止まりの場所以外は、前にしか進めない魔法が洞窟全体にかかっているんだ。だから今は、目の前のモンスターを倒さない限り、この場からは逃げられないよ」

アミューは衝撃的な事実をサラッと告げる。

「え、じゃあ、本当にこの切り身と戦わないといけないってこと？」

「うん。でも、凛は倒すことができると思うよ」

「倒すって……」

凛はまた魚の切り身と対峙する。姿が姿なだけに怖さはないが、倒すイメージがつかめなかった。

（それでもやらなきゃいけないってことだよね）

凛は気合いを入れなおし、戦うことにした。
★素手で倒す↓十七番へ
★魔法を使って倒す↓十九番へ

三十番
どうせならと、書き込まれている魔方陣を描くことにした。だが、手がかじかんでいるせいで、うまく描くことができない。凛はなんとか似たような形の魔方陣を描き終えるが、詳細に描き切らないと魔方陣は発動しないようだ。

「うぅ、もうこれ以上は手を動かせないよ……」

「……ここが限界かもね」

そう言うと、凛たちは突然現れた光に包まれたのだった。
★↓九十九番へ

三十一番

アミューの後ろについて真っ直ぐの道を歩いていると、すぐに分かれ道に遭遇した。と、その時前方から激しい風が吹いてくる。凛とアミューは腕を前にして、風が収まるのを待った。風は数秒ほどで収まり、すぐにいつも通りの洞窟に戻る。

「なんだったの、今の……」

「……まぁ、人間が生活をしている証拠だよね」

「生活？」

アミューの言葉に、凛は首をかしげた。

「そうだよ。それより、そこの曲がり角は気にせずに真っ直ぐに行くよ」

「アミューが、案内係っぽいことをしている……」

凛は大げさに驚く。

「……バカ言ってないで、早く行くよ。少し前に言ったと思うけど」

そう言ってアミューは足を止めた。

「少し行ったところに、もう一人の迷い人がいる……」

「迷い人？」

凛は少しの間を開けてから、ハッとした表情になる。

「え、人がいるの!?」

「そう。だから、遠回りしている時間はないんだよ。早くしないと、その人がモンスターと遭遇してしまうかもしれないから」

アミューの表情は、とても真剣なものだった。なんだかんだ言いつつもアミューは、人が傷つくところは見たくないと思っているのかもしれない。

「……わかった。じゃあ、急ごう！」

色々まだわかっていないことが多いものの、凛はアミューを信じることにした。

するとどこからともなく、そんな声が聞こえてくる。

「ぐぉぉぉぉぉぉっ！」

凛は思わず足を止めた。

「っ!?」

★怖いので壁にもたれて心を落ち着ける→三十八番へ
★迷っている人が心配なので、歩くスピードを上げる→六十六番へ

三十二番

「アミューは焼き魚が食べたかったんだね」

「……いや、違うからね」

　前を歩きながら、アミューはハッキリと意思表示をする。

「私も焼いたものが一番好きなんだよね〜。シチューも悩ましかったけど」

　すると、凛のお腹が鳴った。

「あはは。身体って正直だよね」

「……隠そうとしないところがスゴイよ」

　アミューは呆れ返っている。

「そう？　あ、焼き魚の匂いが強くなってきたね」

★走る↓四十二番へ

★歩く↓五十五番へ

三十三番

「それってどういうこと？」

「まぁ、すぐにわかるって」

「……わかった時には遅いってことはないの？」

凛は何となく思ったことを尋ねると、アミューは笑顔を見せた。

「大丈夫だよ。何とかなるなる」

「……嘘くさい笑顔」

今まで見せてこなかった笑顔なだけに、凛にはアミューの笑顔が偽物のようにしか見えなかった。結局、アミューに何も聞くことができないまま、真っ直ぐな道を進んでいると、少し先に明るい場所があるのが見えた。

「もしかして出口？」

「出口じゃないよ。あそこは、ちょっとした広場になっているんだよ」

「……もしかして、敵がいるってこと？」

アミューはまた無言になる。ここまで露骨な態度を取られると、何も言わなくてもわかるというものだが、それでも自分の口からは言いたくないらしい。二人は光の方へと進んだ。

★↓七十番へ

三十四番

万年筆で文章を書くことにした凛は、『敵を倒す』と書く。

「……」

だが文字は、強く光ったかと思うと、すぐに消えてしまった。

★もう一度書いてみる↓八十一番へ

★模様を描いてみる↓四十番へ

★取扱説明書がないかどうかを探す↓六十一番へ

三十五番

「ここは一体、何なの……？」

ここに来た時から、変な場所だと感じていた凛だが何かを感じたようだ。

「たくさんの人が置いていったって、本当に置いていったもの？　ここは……」

凛の言葉を遮り、アミューはほほ笑んで凛の腕をつかんで歩き出した。

「行こう。この話はここで終わり。ここにいれば、いずれ分かることだから」

アミューはそう言うと、それっきり何も言わなくなった。

（……本当にここって何なんだろう。ただ、あまりいい場所ではないのかもしれない。でも、じゃあアミューは何でほほ笑んだんだろう？）

★八十五番へ

三十六番

（どっちみち、聞いてもちゃんとは答えてくれないよね）

凛は、これまでのアミューとのやり取りで、彼が正直に何でも話す性格ではないことを学習していた。

「それにしても……なんでこんなにゾクゾクするんだろう？　風邪かな？」

凛はまた右手で左の二の腕をさする。

「……ま、もう少ししたらそれもなくなるよ」

そう言うとアミューは、とまっていた足を再び動かし始めた。だがゾクゾクした感じは強くなっていく。すると、少し先が強い光を放っていることに気付いた。

「何あれ？　もしかして外？」

「……残念ながら、違うよ。大広間があるんだ」

「……大広間」

アミューの言葉にピリピリしたものを感じながら、凛は手に持ったままの万年筆と手帳を強く握りしめ、前へと足を踏み出したのだった。

★↓七十番

三十七番

「なんで?」

「なんでって……」

アミューは言葉に詰まる。

「江戸屋は誰も拒否したりしないよ。っていうか、アミューはマスターに気に入られてるんでしょ? だったら来てもらったら嬉しいと思うけど」

「!」

凛は起き上がり、アミューの背中をバンバンと叩いた。

「それに一人で行くのが怖いなら、私が一緒に行くよ。ねっ」

「!!」

アミューは、凛に励まされ驚いた表情をした。

「さ、じゃあ戻ろっか」

「戻る？」

「だってほら……」

凛の指さした方を見ると、行き止まりの壁が見えていた。

「それに曲がらなかった道から、おいしそうな匂いがしていたのも気になるし」

「……」

アミューは驚いた表情から、呆れた表情に変わった。

「……本当は、僕を慰めるつもりなんてなくって、お腹が空いているから、さっさと話を切り上げようとしてたんじゃない？」

その言葉に凛は笑顔で答えアミューの手を取って、いい匂いのした道へと引き返したのだった。

★二十六番へ

三十八番

凛は怖くなって左側の壁にもたれかかった。すると、ちょうど手元に出っ張っているところがあり、思わず押してしまう。

ゴゴゴゴゴッ

「うわっ!?」

凛がもたれていた壁が大きな音を立てて、地面へと吸い込まれていく。そして、バランスを崩した凛は、そのまま壁の向こう側に現れそうに――。

「あ、ばか!」

アミューも慌てて凛に手を伸ばしたが、一歩遅く凛は細い道に倒れてしまった。

「な……何ここ?」

凛はそのまま、人一人しか通れないような細い道の先を見る。だが、これまで歩いてきた道よりも暗く、数センチ先がよく見えない。

「……あぁあ、仕方ないな」

そう言うと、アミューも凛の近くに歩いてきた。

「ここ、一度入っちゃうと、もう戻れないいんだよ」

「え？」

凛は、さっきまで歩いていた道に戻ろうとしてみるが、アミューの言う通り見えない壁に阻まれて進めなかった。

「ね」

凛は取り返しのつかないことをした気持ちになる。

「ま、こうなったら仕方ないよ。このまま進もう」

細い道を歩いていると、すぐに曲がり角にぶつかり右に進んだ。

「……なんかこの辺りって、洞窟というより下水道を歩いているみたい」

だが凛の感想に対して、アミューは何も言わなかった。凛にこの場所のヒントを伝えるのが嫌なのだろう。

細い道は広い場所へとつながっていた。おそらく学校のグランドや野球場ぐらいの広さはある。

「……ん？　あそこにあるのって」

そんな広い場所の真ん中に、小さな折りたたみのテーブルとプラスチックの容器が置かれていた。

「……もつ煮？」

プラスチックの容器の中には、少しぬるくなったもつ煮が入っている。
★もつ煮を食べる↓七十四番へ
★もつ煮は無視する↓五十六番へ

三十九番

「今の私の気分は、焼き魚じゃなくてシチューなんだよね」

凛はそう言うと、アミューの手を離して真っ直ぐに伸びる道を進んだ。

「シチューって、本当にこんなところにあると思ってるの⁉」

アミューは、分岐点で立ち止まったまま叫んだ。

「思うも何も、匂いがするのにシチューがないわけないじゃない！」

「いやいや、トラップとか考えないの？」

「トラップ？　そんなの回避してシチューを取り出して見せるわ！」

そこまで言われては、何も言い返せないと判断したのか、アミューはため息をついて凛と同じく真っ直ぐの道を進むことにした。

（せっかく僕が、ちゃんと案内してあげようって思ったのに）

マスターとは違う変な頑固さを凛に感じながら、アミューの気は重くなった。

シチューの匂いだけを頼りに進んで行くと、すぐに左に曲がる道に当り、その後もすぐに左に曲がる道に出た。

「くねくねしてるね、この辺りの道は」

「……一応、周りも見てるんだね」

アミューの関心するポイントが低いが、凛は全く気にしていない。

「だって変なトラップとかに引っかかって、シチューから遠ざかりたくないし」

堂々とそう言いはなつ。ここまで行けばいっそすがすがしいかもしれない。

「というわけで……」
★このまま突っ走る↓四十五番へ
★しばらくここで休む↓四十九番へ

四十番

凛は図形を描くことにする。ただ思いついた図形が六芒星しかなかったので、それを描いた。魔方陣は青白い光を放っており、今にも何かが起きそうだ。

凛はその円陣の真ん中を、万年筆で思い切って叩いてみた。すると魔方陣の中から、何かが這い出てきて――。

「ちょ、ちょっと、何してるの⁉」

傍観に徹していたアミューは、慌てて前に出てくる。

「それ召喚魔法だし！　しかも召喚って高位魔法だよ⁉」

アミューは必死に叫んでいるが、凛には今ひとつピンとこない。

「そう言われても……」

そして、魔方陣から黒い影が完全に姿を現す……。

「ぐぉぉぉぉっ！」

現れたのは大きな鎌を持った骸骨だった。黒マントを羽織った死神にも見える。

「……っ！」

凛とアミューは声にならない声を出して、戦いの場から走って逃げた。二人は力の限り走ったものの体力の限界を迎え、地面に倒れてしまう。だが二人を追っていたはずの死神も、いつの間にかいなくなっていた。

「あー……びっくりした」

「びっくりしたのはこっちだよ！　あんなの呼び出すなんて想定外だし」

ガタンゴトンガタンゴトン
天井から聞きなれた音が聞こえてくる。

「これ……電車の音？」

アミューは凛の言葉を無視して立ち上がった。

「行くよ」

「……また無視？　都合悪いと、すぐ無視するよね」

凛も体を起こして、服についた土を落とす。辺りを見渡すと少し先が分かれ道になっていた。左右に道が伸びているが、さっきの電車の音が気になった凛は左に曲がることにした。

「あ、ちょっと。僕に道を聞かないの？」

「だって、聞いても無駄じゃない」

ガタンゴトンガタンゴトン
先ほどよりも大きな音が聞こえてくる。凛はこの音を頼りに左の道をずんずんと歩いていく。道はくねくねと曲がっているものの、分かれ道がないため、淡々と進んでいるように感じた。

「そういえばさ、龍ってどんな容姿なんだろう？　小説とか物語の中でしか見たことないからなぁ」

アミューが返事をしないとわかっていても、凛は一人で話す。

「……龍には会えないよ」

突然、アミューが凛の質問に答えた。
★どういうことか聞く↓四十八番へ
★アミューの言葉を無視する↓四十三番へ

四十一番

万年筆を投げることにした凛は、キャップを外した状態で狙いを定める。

（一本しかないんだし、ちゃんと当てないと……）

凛はこれまでにないほど集中し、魚の切り身を睨み付ける。

「……」

だが、魚の切り身は、見れば見るほど間が抜けており、力が抜けてしまう。

（なんでモンスターが魚の切り身なのよ！　気持ち悪い形のものでも嫌だけど）

そんなことを考えていると、魚の切り身も何やら攻撃の準備を始めた。

（ぼんやりしている暇はないみたいね。もうこうなったら……！）

凜は思いっきり万年筆を投げつけた。万年筆はペン先から光を放ちながら、魚の切り身に突き刺さる――。

「やっ……た!?」

だが突き刺さった万年筆を、魚の切り身は自分で抜き、後ろに投げ捨てた。

「あー!!　ちょっと！」
★万年筆を取りに行く↓四十六番へ
★アミューに助けを求める↓五十八番へ

四十二番

凜は熱いのを我慢して、魔方陣に近づこうとした。

魔方陣まで一メートル……九十センチ……八十センチ……七十センチ……。

近づくたびに凛の体温も上がり、汗も尋常じゃないほどに吹き出てくる。

「……も、無理……」

凛は熱さに負けて気を失ってしまった。

★↓九十九番へ

四十三番

凛はアミューの言葉を無視して、スタスタと歩く。途中に分かれ道があったが、曲がるのも面倒なので真っすぐに進んだ。しばらく歩くと、今度は三つに分かれている道に出た。

「ねぇ、たまには道を教えてあげるよ。ここは真っ直ぐだよ」

と言って、アミューは真っ直ぐの道を行こうとした——。

★アミューについていく↓五十番へ
★左の道に無理やり曲がる↓五十四番へ
★右の道にアミューを誘う↓五十七番へ

四十四番

なんだか怪しく感じた凛は、アミューに近づくのをやめた。

「それよりも、先に進もうよ」

そう言うと、凛は先に歩き出す。アミューもすぐにその後を追った。

「凛って、あんまりこの洞窟には興味がないよね」

「そう?」

凛はなぜそう言われたのかがわからず、首をかしげた。その後も歩き続けていると、曲がり角や分かれ道などが出てくる。だがテンションが下がったままのアミューは、無言でどんどんと進んでしまい会話がなくなってしまった。

凛はふと、手に持ったままの手帳が目に入った。

(そういえばこれって、何の手帳なんだろう?)

手帳を見ていた凛だが、アミューが凛を見ていることにも気づいた。

★手帳を開く↓五十二番へ
★アミューに声をかける↓八十七番へ

四十五番

突き進むことにしたものの、すぐに行き止まりの場所に出た。だが、その前には移動式のガスと鍋が置かれている。

「もしかして匂いはここから出てたの？」

凛はこの場所の不可思議さになれたせいか、ほとんど警戒心がない。一見して怪しげな鍋にも近づき、蓋を持ち上げた。

「おぉ！　本当にシチューが入ってるよ！」

明らかに不自然すぎるのに喜んでいる凛を見て、アミューはため息をつく。

「先に言っとくけど、それを食べたら強制的に……」

だが凛は、よほどお腹が空いていたのか、アミューが話している途中でシチューを口にしていた。

「あ、ばか」

アミューの発した言葉と同時ぐらいに、凛の身体は光を放ったのだった。

★↓九十九番へ

四十六番

凛は魚の切り身に投げられた万年筆を取ろうと、魚の切り身の後ろに回ろうとする。だが、意外に動きが素早い魚の切り身の後ろには回れない。

(どうしたら……)

凛が苦戦していると、手元に残っていた万年筆のキャップが光る。

★キャップを上に掲げる↓六十二番へ

★キャップも魚の切り身に投げつける↓七十八番へ

四十七番

魔法は使わず、寒さを我慢することにした。

(私用で使うのはちょっと違う気がするし……)

「うぅ、でも寒い……」

凛は両肩を抱きしめて歩く。だが、前を歩いているアミューは、全く寒そうにはしていない。

「なんでそんなに平気そうなの？」

「……秘密」

「あっそ、本当に冷たいよね。こうなったら……！」

そう言って凛は奥へと走り出した。走っていれば、いずれこの寒い空間から解放されると思ったのかもしれない。

「ちょっと、凛～」

意外と体力のないアミューは、少し遅れ気味に走りながら凛の後を追う。

「……え」

思いっきり走っていた凛は、広い空間に出ると足を止めた。

「ここ……何？」

凛の目の前に広がるのは真っ白な空間だった。だが白いのはペンキで塗ったからではなく、霜が空洞全体についたためだ。そして、霜以外には凍った肉や魚などが、その辺りに乱雑に置かれていた。凛は乱雑に置かれた肉や魚を近くで見る。それらは本物の肉や魚のようだった。

「よくできた食玩というわけでもなさそうだし……でも、なんで？」

凛はそう言いながら、後ろにいるアミューを見た。

「っ!?」

するとアミューはいつの間にか、案内板ではなく出刃包丁を手に持っていた。

「あ……アミュー!?」

「……」

アミューは無言で凜に一歩一歩と近づいてくる。

★近くにある肉を投げる↓五十九番へ

★何もせずジッと待つ↓六十五番へ

四十八番

「どうして会えないの？　間違えた道を進んでるから？」

凜は立ち止まる。だがアミューは小ばかにしたような笑みを浮かべるだけで、何も言わなかった。

「……とにかく歩こう」

間違えた道を進んだ先に何が待っているのかも想像できない中で、凜はアミューの後に続いた。

その後も歩いていると、少しだけ広い場所に出る。歩いてきた道は前にも続いているが、左に空洞のような場所があるという感じだ。ただこの空洞は、少し薄暗いため、どれくらいの広さなのかは、凛たちがいる場所からはわからなかった。

「……何かいない？」

凛は目を凝らして暗い空洞を見る。

「見たって仕方ないよ。まぁ、見たいなら止めないけどね」

★無視して前に進む↓九十一番へ

★目を凝らして見る↓九十六番へ

四十九番

お腹が空きすぎた凛は、休憩をすることにした。すると少し先から匂っていたシチューの香りが薄れていき、何も匂いがしなくなってしまった。

「あれ……？」

地面に座ったまま、凛は先の道を見つめる。だが洞窟が暗いため、少し先の道の状態しかわからない。

「どうやら効力が消えたようだね」

「効力？」

　アミューも凛と同じように地面に座ってから話す。

「そんなの罠に決まってるだろ。ここは洞窟で、料理なんてできないんだし」

「えぇっ⁉」

　凛はその言葉を聞いて、心底驚いたというような表情になる。

「確かに不自然だなとは思ったけど。でも、罠なんて……」

　凛はシチューの香りがした方を見る。そして、立ち上がりさらに奥へと進んだ。

「あ、おい。僕を置いていかないでって！」

　何の匂いもしなくなった道を進むと、行き止まりになっていた。

「何もない……」

「そりゃそうだよ。ほら、戻るよ」

「……ちょっと待って」

　凛は行き止まりの何の変哲もない壁をじっと見つめる。

「そこには何もないと思うんだけど」

「でも、さっきまでシチューの匂いがしていて、それがなくなるってことは、何かがここにはあるってことだよね」

今度はペタペタと壁を触りだす。

「いや、だからそれが罠で」

「誰が仕掛けた罠なの？」

「え」

凛の指摘にアミューは、戸惑っているようだ。

「罠があるってことは、そこには人工的な何かがあるものでしょ？」

と、その時頭上から聞き覚えのある音が聞こえてきた。

ガンゴトンガタンゴトン……

「この音、もしかして！」

★近くにある石を天井に投げる↓六十番へ

★もう一度音が聞こえないか耳を澄ませる↓六十四番へ

五十番

真っ直ぐに続く道を歩いていると、途中で左に曲がっていた。その間、アミューは一言も話さない。無言になることはあったものの、これまでのアミューとは何かが違う気がして、凛は少し警戒心を強めた。

目の前に木の扉が現れる。この洞窟の中では見たことがないため、凛は少し遠巻きに見ていた。

「中に入ろう」

アミューはガチャリと扉を開ける。

★中に入る↓百三番へ

★中に入らない↓百二十一番へ

五十一番

真っ暗な道には魔法を使うのがいいと思った凛だが、こんな中では手帳を見ることができない。

「凛？　どうかした？」

歩くのをやめた凛に不信感を覚えたアミューが声をかけてくる。

「ううん、ちょっと……あ、そうだ」

凛は一度描いた敵から逃げる補助魔法の魔方陣を思い出した。

(あれなら一度描いたから、覚えている)

「よ～し！」

凛は気合いを入れると、アミューと手を繋いでいない方の手で、万年筆を握り締めキャップを外した。するど今回もペン先が光を放つ。

「!?　ちょ、凛、まさか……」

「真っ暗な場所に対抗するには、これしかないでしょ！」

真っ暗な場所に魔方陣を描いた凛は、魔法を発動させる。その瞬間、凛とアミューの足が光り、二人は再び魔法の力で走り出した。そして体力の限界を感じた時、魔法は急激に止まって二人はその場に倒れた。

「いたたた……」

「……もう、無茶しすぎ」

アミューは倒れたままそう言う。本気で凛にあきれ返っているようだ。

「あはは。でもさ、前を見てよ」

凛とアミューが前を見るとそこは、三つの道に分かれている場所だった。どうやら二人は、左の道に曲がる前の場所に戻ってきたらしい。

「結果オーライだよね！」

★右の道へ行ってみる↓十八番へ

★真っ直ぐの道へ行ってみる↓二十三番へ

五十二番

手帳を開くと、そこには魔方陣がいくつか書かれていた。

「あ、これ、そういう手帳だったんだ」

だがアミューは無反応で明後日の方向を見ている。この空気に耐えられなくなった凛は、手帳に書かれていた補助魔法を勢いよく描いた。

「……げ。ちょ、ちょっと何してるの!?」

突然のことに驚いたアミューは、ようやく声を出した。

「アミューが無視するから」

「いやいや、無視するから魔方陣を描くって意味わからないんだけど」

「そんなのお互い様でしょ？　いっくよ〜！」

凛はそう言うと、勢いよく魔方陣の真ん中を万年筆で叩いた。青白い光が魔方陣から現れ、凛とアミューの足に向かって飛び出す。そして二人は洞窟の中を走り出したのだった。

どこをどう走ったのか、凛とアミューは尋常じゃない距離を走り続ける。そして、目の前に光が見えるところまで来ると、ようやく魔法の効果が切れた。

「もう……あんまり無茶しないでよ」

アミューは肩で息をしながら、凛を睨み付けた。

「ごめんごめん。こんな魔法だなんて思わなくって」

「いや、魔法を使う場面でもなかったよね」

凛は壁際に持たれながら笑っている。

「何？」

「アミューが普通に話してくれるようになったと思って」

「……別に、僕は元からこんな感じだし」

アミューはそう言ってそっぽを向くが、もう沈黙をする気はないらしい。凛はその言葉に安心して、少し先にある光を見た。

「あれって出口かな」

「いや……あれは」

アミューは光を放っている道の先を見て、ため息をついた。

「……何でもない。凛って本当に運だけは良いなと思って」

「そう？　よくわかんないけど、とりあえず進んでみよう」

★↓七十番へ

五十三番

「そんな顔しないで」

凛はアミューの腕を引っ張り抱きしめた。

「え、ちょ、ちょっと!?」

驚いたアミューは、慌てて離れようとするが、意外と腕力のある凛から逃げることができなかった。

「……なんか、アミューを見ていると、昔飼っていた犬を思い出すんだよね」

「……は？」

凛は力を弱めて、アミューの両肩に手を置く。

「あ、もう悲しい顔じゃなくなったね！」

「……ふふ。そうだね。凛の前で余計なことを言った自分に怒りすら感じるよ」

アミューはまた、凛に対して心を閉じてしまったようだ。

「そうなの？　それより戻ろうよ。さっきの分かれ道で、もう一個の方の道から美味しそうな匂いがしていたのも気になっていたんだよね」

そう言うと、凛は相変わらずのマイペースさ全開で歩き出した。

（もう絶対に、心の内を語るもんか！）

アミューは心の中で毒づくと、凛の後に続いたのだった。

★↓二十六番へ

五十四番
「ううん。左に曲がるよ！」

凛はアミューの服を掴んで無理やり左の道に進んだ。あまりに唐突だったため、アミューはしりもちをついてしまった。

「何するんだよ！　ったく、荒いんだから……」

そうぶつぶつと言いながら、アミューは立ち上がる。どこか雰囲気の違っていたアミューではなく、いつも通りのアミューに戻り、凛は内心ほっとした。

「そんなの、ぼんやりしている方が悪いのよ」

「……いい性格してる」

そう言ってアミューはため息をついた。二人は仕切り直しをしてから、道を進むと少し開けた場所に出る。

「これは……」

開けた場所の地面には大きな魔方陣が描かれており、二人の足が魔方陣に触れると光を放った。そして凛とアミューは、光に飲み込まれてしまったのだった。

★↓百二十四番へ

五十五番

焼き魚は気になるものの、凜は今まで通り歩くことにする。少し歩くと、左右に分かれている道に遭遇した。

「また分かれ道か……」

分かれ道は、左右に伸びているものの、右の道は道幅が広くなっており、左の道は逆に道幅が狭くなっていた。

「これって、普通に考えたら右が正解よね？」

凜はアミューに聞くが、案内をしない案内係のアミューは何も答えない。

「まぁいいや。焼き魚の匂いもこの辺りから特に強くなってるし。ここは左かな」

そう言うと、凜は左の細くなっている道を選んだ。道を歩いていくと、すぐに左に曲がる道になり、道はさらに細くなる。二人が並んで歩くには狭いぐらいだ。

「ねぇ、こっちの道ってもしかして失敗？」

凜はどうせ答えてはくれないだろうと思いながらも聞いてしまう。

「……この洞窟に正解不正解はないよ」

「え？」

だが、予想をしていなかった返事が来て、凛は足を止めた。

「何を目的にここに来たかで、どう動くのがいいのかが変わってくるから。だけど凛は……目的ってあるの？」

凛は一瞬戸惑ったが、すぐに自分の目的を思い出した。

「……そう」

「目的って江戸屋に戻ることだよ。そのために龍の鱗を探してるんだし」

凛は止めていた足を再び動かす。すると、少しだけ広い場所に出たが、行き止まりのようだった。

「あー、やっぱりこっちの道じゃなかったんだね」

「……」

アミューは何も言わずに、この空間の真ん中に立った。

「アミュー？」

「ここは、魔力の集まる場所。今なら僕が凛を江戸屋に戻すことができるよ」

そう言っているアミューは、少しだけ寂しそうな表情をしている。

「本当に!?　龍の鱗がなくても!?」

「この洞窟には、いくつかの条件があって、龍の鱗がなくても、江戸屋に行けるようになっているんだ」

「そうなんだ。じゃあ、戻りたい！　アミューと一緒に」

凛がそう言うと、アミューは頷いてから、手に持っていた案内板を掲げた。案内板はまばゆい光を放ち、二人を転送させたのだった。

★↓九十九番へ

五十六番

凛はおいしそうな匂いがするもつ煮を無視して、その後ろにある物に近づいた。それは土に埋もれているが、一部だけが見えている状態だった。

「これ、何だろう？」

凛は壁から見えている白い何かが気になり、覆いかぶさっている土を払いのけた。そこに出てきたのは――

「……上野？」

洞窟の壁にあったのは、電車の案内板だった。

「……こっちに来ちゃったか」

アミューは凜の横を通り抜けて、しゃがみこむ。アミューの手の先には、さっきまでなかったはずの小さなドアがあった。

「え、何それ」

「出口だよ」

「出口!?」

アミューは頷くと、ドアノブを回してドアを開けた。

「さ、外に出よう」

★↓百二十番へ

五十七番

「アミュー。真っ直ぐじゃなくて、右に曲がろうよ」

三方に伸びている道の真ん中で、凜はアミューに声をかける。

「右?」

と、言った瞬間――『ぐおぉぉぉぉ』と、雄叫びが右から聞こえてきた。

「右に行くの？」

「……ううん、真っ直ぐの道に行こう」

凛はそう言って、結局アミューの指示に従うことにした。
★↓五十番へ

五十八番

一人ではどうしようもないと思った凛は、アミューに助けを求めた。

「アミュー手伝って！」

「……なんで？　凛なら一人で倒せるよ」

だが、全く協力的ではないアミューは、動こうとはしない。

「……」

こんな状態でも、何もしないアミューに凛は……。
★アミューが持っているものを奪って魚の切り身に投げつける↓六十九番へ
★アミューに頼らず一人で何とかする↓八十番へ

五十九番

恐怖を感じた凛は、近くにある肉の塊をアミューに向かって投げつけた。

肉はアミューに命中する。すると肉は紫色の液体に変化した。紫色の液体をかぶったアミューは、先程よりも怖い見た目に……。

「ひぃ」

思わず声を出してしまった凛は、この場所から逃げようとしたが、足がすくんでしまい動かすことができない。

「……もう、ここから逃がしてあげない。凛もここの一部になればいいんだ」

アミューはうすら笑いを浮かべ、凛に出刃包丁で切りかかったのだった……。

★完

六十番

凛が近くにあった石を思いっきり投げつけると天井の一部が崩れた。するとそこから一匹のネズミが顔を出す。

「い……いやぁぁぁぁぁ!!」

驚いた凛はその場から逃げ出した。

「あっ、ちょっと凛――!?」

アミューも慌てて凛を追いかける。だが数十メートル走った所で、凛は大きくこけてしまった。全速力で走ったので、足がもつれたのだろう。

「はぁはぁ……。やっと……追いついた」

肩で息をしながら、アミューが凛の後ろから走ってくる。二人はその場で息を整えてから、周りを見渡した。

二人は気が付くと少し広い場所に出ていた。そして少し先は光を放っている。

「出口?」

回復した凛が、何事もなかったかのように立ち上がりアミューに聞いた。

「ううん……あそこからはモンスターの気配がする」

「え」

凛はすぐに後ろを向き歩き出そうとしたが、アミューに服を掴まれた。

「どこに行くの?」

「別の道を探そうかと思って」

「……」

アミューは凛の服を引っ張ったまま、光の指す方へと歩き出した。
★↓七十番へ

六十一番

凛は取扱説明書がないかどうかを探すことにした。だが、鞄の中を調べる前に、万年筆を持っていない方の手で、手帳を持っていたことに気付く。

手帳を開くと、そこには五つの魔方陣が描かれていた。攻撃魔法は火と風があり、火の魔法は二つ、風の魔法は一つ。そして補助魔法が一つある。ただし、どんな効能なのかの説明は書かれていない。

（アミューに聞いても、どうせ答えてくれないだろうし……）

目の前にいる魚の切り身は、変な動きを始めている。もしかしたら攻撃を仕掛けようとしているのかもしれない。迷っている時間はあまりなさそうだ。
★火の魔法を使う↓六十八番へ
★補助魔法を使う↓八十四番へ

六十二番

どうしたらいいのかを迷ったものの、凛はキャップを頭上に掲げてみた。

すると、地面に転がっていた万年筆は、自然と万年筆のキャップに引き寄せられて、キャップにすっぽりと入る。

「おぉ！」

無事に万年筆を回収した凛は、もう一度戦うことを決めた。

★万年筆を振る↓二十五番へ
★万年筆で何かを描く↓二十七番へ

六十三番

「すごい！　人の手が入ってると思ってたけど、みんなの善意でできてるんだね」

「……そうだね」

だけどアミューは、少しだけつらそうな表情をした。

「ここに来てから薄暗い場所っていうぐらいにしか思ってなかったけど、暗いなら明るくすればいいいんだもんね」

「え？」

ランプを見ていたアミューは顔を上げて凜を見る。凜は微笑んでいた。

「今は手持ちがないから明るくできないけど、江戸屋に戻ったら、ランプを買って
ここに戻ってくるよ」

「戻って……？」

アミューは戸惑いの表情をする。凜の言葉が意外だったのだろう。

「さ、もう行こう！　今がどの辺りかはわからないけど、まだまだ先でしょ！」

そう言うと、凜はアミューの腕をつかんで歩き出したのだった。

★八十五番へ

六十四番

凜は耳を澄ませた。するとまた遠くから音が聞こえてくる。
ガタンゴトンガタンゴトン
先ほどよりは小さな音だが、これは間違いなく電車の音だと確信した。
「ねぇ。ここって地下鉄のさらに下にある洞窟なの？」

だがアミューは答えない。

「シチューの匂いとか、焼き魚の匂いとか、食べ物ばかり出たり……そういえば」

凛は一番初めにアミューに言われた言葉を思い出す。

『何って、凛は食材……龍の鱗を取りに来たんでしょ』

つまりここは……。

★食べ物倉庫↓七十一番へ
★食べ物に関連する何か↓七十五番へ

六十五番

本能的に動いてはいけない気がした凛は、アミューが近づいてくるのを待った。

「……」

出刃包丁を持って近づいてくるアミューは恐怖以外の何者でもない。だが不注意からなのか、アミューは何もないところで躓き倒れた。と同時に、手に持っていた出刃包丁は、凛の頬をかすめて壁に突き刺さった。

「……っ」

凛は頬に手を当てる。痛みを感じたものの、切れてはいないようだ。凛は目の前で倒れたままのアミューに近寄った。

「ちょっと、大丈夫？」

「……ん。あれ？」

アミューは驚いたような表情をする。

「……なんで僕、倒れているの？」

「え？　何も覚えていないの？」

先程まで殺気立っていたアミューの雰囲気は一切消えており、いつも通りのやる気のない雰囲気になっている。凛はアミューに手を差し出し起こす。アミューもそれには特に反対の姿勢は見せなかった。

「……もしかして僕、何かしようとしてた？」

アミューの視線は、壁に刺さっている出刃包丁に向いている。

★さっきの出来事を伝える↓百八番へ

★さっきの出来事を伝えない↓九十二番へ

六十六番

凛たちは今まで以上に速足で洞窟内を歩いていく。どこまでも真っ直ぐに続く道に、凛は時間の感覚がなくなってきていることに気付いた。

「凛！　次の所は左だよ！」

「え？」

アミューの言葉で前を見ると、真っ直ぐの道が続いていた先に、左に曲がる道が現れていた。

★アミューの言うとおりに左に曲がる↓七十六番へ
★腕時計を見る↓九十番へ

六十七番

凛はあまり書き込まれていない方の魔方陣を描くことにした。

(これならすぐに描けるし)

万年筆を握り締め、空中に魔方陣を描いた。すると、魔方陣から小さな火の玉のようなものが飛び出してくる。火の玉はほのかな熱を持っていた。

「温かい……！」

凛は冷え切っていた身体が生き返っていくのを感じた。アミューも寒かったのか、火の玉の近くで暖を取っている。

「ふぅ。これなら先に進めそうだね」

「……行くよ」

アミューは何事もなかったかのようにそう言い、先に歩き出した。しばらく歩くと、少し広い場所に出る。広い場所は氷で覆われており、壁際には肉や魚などが冷凍にされていた。そして身にまとっていた火の玉たちは、冷凍されている食材に向かって飛び出し解凍を始める。

「……えっと……」

凛はどう反応していいのかわからない。ただ周りの火の玉がなくなったおかげで、寒くなってしまった。

★火の玉をもう一度出す↓七十七番へ
★この場所を調べる↓百十番へ

六十八番

火の魔法を使うことに決めた凛は、魔方陣を描くことにする。さらさらと万年筆を空中で滑らせると、魔方陣が浮かび上がった。

「綺麗……」

「凛！　前見て！」

後ろからアミューの声が聞こえてくる。言われた通りに前を見ると、魚の切り身が自分の分身を凛に向けて大量に投げつけてきた。だが、分身たちは魔方陣の光に触れると簡単に消滅していく。分身攻撃が終わってから、凛は魔方陣を万年筆で円陣の中心を軽く叩いた。

無数の小さな火の玉が現れ、全ての火の玉が魚の切り身に向かって飛び出した。

「〜〜!!」

魚の切り身は真っ黒になり消滅した。

「勝っ……た？」

と、凛が言った瞬間、突然起こった暴風に巻き込まれ、凛とアミューは飛ばされたのだった。

★↓百二番へ

六十九番

何もしないアミューにイラついた凛は、アミューが持っていた案内用の看板を奪い、それを魚の切り身に投げつけようとする。

「ちょっと！」

アミューは凛の行動を止めようと思ったが、凛の動きの方が早く、案内用の看板は魚の切り身に投げつけられた。だが、手元が狂ったのか、案内板は全く的外れな場所に飛んで行った。

「……失敗しちゃった」

「失敗って……」

後ろに傍観していたアミューもいつの間にか前に出ていたせいで、魚の切り身に目をつけられてしまう。戦う術をなくした二人は、魚の切り身からの攻撃を受けて、洞窟から強制退場することになったのだった。

★↓九十九番へ

七十番

大広間は洞窟の中なのに電球がたくさんあるため、白い部屋のように見えた。広さも三十六畳（六畳の部屋の六倍）ぐらいある。そんな部屋の真ん中には、水色のポリバケツが置かれていた。

「何あれ……」

「……ここの主だよ」

アミューの言葉と同時に、ポリバケツは自分でフタを飛ばした。ポリバケツから出てきたのはホウキやモップのような手足だった。だが、顔はない。

「って、あのゴミ箱が敵なの!?」

「そういうこと。あいつは結構動きが早いから気を付けて」

アミューはサラッとそう言うと、一歩後ろに下がった。

「……もしかして、戦わない気？」

「最初にも言ったでしょ？　僕はただの案内係だって」

「案内も、ろくにしていないくせに!!」

「しゃべってないで前を見る。攻撃が来るよ」

★まずは防御をする↓八十二番へ
★攻撃魔法を使う↓九十四番へ
★補助魔法を使う↓八十六番へ

七十一番

「食べ物倉庫なの？」

アミューは無言で首を振る。

「ま、確かにここには食べ物関係が多いかもね」

そう言って少し寂しそうな表情をした。

「……ただ、そこの音が聞こえるとこから地上には出れるよ」

「え、出ていいの？」

「まぁ、そこからだとちょっと歩かなきゃいけないけど」

「いいよ、それぐらい。一緒に江戸屋に行こう」

「……そうだね」

二人は音のした壁を削り、地上へと向かった。

★→八十八番へ

七十二番

「だってアミューって、邪魔しかしないし」

「……！」

　アミューは傷ついたというような表情をしたアミューは、ポケットからスーパーボールのようなものを取り出す。

「何それ？」

　アミューはおもむろにそれを凛に投げた。受け取ってみると、なんとそこからカレーの匂いがした。

「……これ、食品なの!?」

「違う。匂い玉だよ」

「匂い玉？」

「そ。この洞窟の中には食料なんて一切ない。匂いがしたとしたら、その匂い玉があるだけなんだ」

そう言うとアミューは、手に持っていた案内板を上にかざした。

「ここで終わりにしよう。こんな簡単な罠にも気づけないようなら、この洞窟は荷が重すぎるよ」

「え……ちょっと、待っ……」

凛が最後まで話し終えよりも先に、アミューの持っている案内板が光を放ち、二人は洞窟から消えたのだった。

★↓九十九番へ

七十三番

「ごめん。言い過ぎた」

凛は心から謝ることにした。

「！」

アミューは驚いた表情で凛を見る。

「私も変なテンションだったし、色々精神的に参っていたのかも。ご飯に対しての期待値を上げて、現実逃避をしたかったんだ。本当にごめん……あれ？」

凛はふと、焼き魚の匂いが消えていることに気付く。

（さっきまであんなに美味しそうな香りがしていたのに……私が落ち着いたら消えたなんて……）

凛は周りを見渡してみると、洞窟の壁にいくつかの丸い玉が埋め込まれていることに気づいた。手に取ってみようとしたが、玉の位置が高く凛では届かない。

「……行こう。すぐそこが広間だから」

アミューは、気持ちを切り替えたのか、そう言って歩き出した。ただ今のアミューは、何かを覚悟したような雰囲気があると凛は思った。

★↓七十番へ

七十四番

凛は怪しいと思いつつも、空腹と美味しそうな匂いに負けて、もつ煮を食べた。

テッテレーと、どこからかそんな音が鳴る。

「な、何!?」

「……凛には警戒心とかないの？」

呆れた表情のアミューは、そう言って大きなため息をついた。

「ないことはないけど、ちょっと我慢できなくって。それより今の音って？」

「……レベルアップした音」

「は？」

いきなりＲＰＧのようなノリになり、凛は戸惑った。

「えっと……ん？　じゃあこのもつ煮は、レベルを上げる食べ物だったの」

「ま、今回はたまたまね。他に出現する食べ物はだいたい罠なんだけど」

アミューはそう言うと、案内板を凛に差し出した。

「じゃあ地上に出よう。ここのルールで、レベルアップしたら元の場所に戻ることになってるから……つまり、冒険は失敗ってことだね」

「えぇぇぇっ!?　レベルアップして終了って」

「仕方ないじゃん。そういうルールだし。じゃ、行くよ〜」

アミューは凛に無理やり案内板に捕まらせて、まばゆい光を放ったのだった。

★↓九十九番へ

七十五番

「ここは……食べ物に関する何かでしょ？」

「……どうだろうね」

だがアミューは相変わらず曖昧な返事しかしない。

「もう、ちゃんと答えてよ」

「それぐらいの回答で、返事はできないよ」

「じゃあ、ちゃんと言い当てられたら答えてくれるの？」

「……考えとく」

やはり曖昧な返事しかしないアミューは、天井を見上げてから後ろを向いた。

「それじゃあ、戻る？」

「焼き魚の匂いがした道の方だよね！」

「本当……懲りないよね。まぁでも、ようやくそっちの道に行けてよかったよ」

★→三十二番へ

七十六番

時計のことは気になったものの、今はそんなことを気にしている場合ではないと思いなおし、アミューに続いて右に曲がることにした。

★↓百七番へ

七十七番

凛は火の玉がなくなったので、もう一度同じ魔方陣を描いた。そして現れた火の玉は、また凍っている食材に向かって飛び出していく。

「……何なんだろう、ここ」

凛が独り言をつぶやくと、アミューは火の玉の入った食材を手にする。

「……なるほど、その火の玉は再生魔法なんだね」

「再生……？」

「こっちに来てみてみなよ」

★アミューの言葉に従う↓七十九番へ

★アミューの言葉を無視する↓八十三番へ

七十八番

凛は思い切って、手に持っていたキャップも魚の切り身に投げつけた。

「ぎゃっ」

キャップは見事に魚の切り身の目に命中した。よほど痛かったのか、目に涙をいっぱい浮かべ、そのまま退散してしまった。

「……勝ったの？」

凛は呆然としながら、つぶやいた。

「まさか……魔法を使わずに退散させるなんて」

今まで後ろで見守っていたアミューは、地面に落ちたままの万年筆とキャップを拾い上げると、凛に渡した。

「さすがだね」

「あはは。偶然だった気もするけど」

「運も実力のうちだから。今回は特別に道を教えてあげるよ。ついてきて」

アミューはそう言うと、案内用の看板を握り締めて、前に歩き出したのだった。

★↓九十七番へ

七十九番

凛はアミューの近くに移動する。するとそこには新鮮な肉の塊があった。

「ほら、こっちにはとれたての魚があるよ」

そう言われて見てみると、確かに新鮮そうな魚がある。

「え。どういうこと？」

「……ここにある食材は、みな腐ってるんだよ。でも、凛の魔法で新鮮な食材に戻ったんだ」

アミューの言っていることはわかるが、ここがどこだという質問には答えられてはおらず、凛は悶々とした気持ちを抱える。

「食材が全部新鮮になったら、ここはどうなるんだろう？」

アミューはキラキラとした目で、目の前の生肉を見ている。

「全部……新鮮なものに変えようか？」

やり方を理解している凛は、ここにある食材全てにいきわたるように、魔方陣を書きまくった。

★→九十三番へ

八十番

アミューに頼っても仕方がないと判断した凛は、もう一度どうすればいいのかを考えることにした。

(私の武器は万年筆しかないんだし、やっぱりここは取りに行くべき？)

★↓四十六番へ

八十一番

言葉が違うのかもしれないと思い、別の文章を書いてみる。

パッと浮かんだ言葉を書いたが、やはり文章は光を失いすぐに消えてしまった。

『火の魔法』

そして、いつの間にか攻撃態勢に入っていた魚の切り身が、自身の分身を凛に向けて投げつけてくる。

「むぐっ!?」

魚の切り身が凛の身体に当たり、そのうちの一つは凛の口の中に入った。

「……お、美味しい……。え、これ、やっぱり食べられるの!?」

★魚の切り身本体を食べに行く↓九十八番へ
★食べた魚の切り身を口から出す↓百番へ

八十二番

まずは防御をすることにした凛だが、ポリバケツも攻撃をしてこないので、お互いジッとしたままだ。

「ちょっと凛！　ちゃんと戦いなよ！」

「うう……」

★攻撃魔法を使う↓九十四番へ
★補助魔法を使う↓八十六番へ

八十三番

凛はアミューの言葉を無視して反対側へと歩く。凍ったままの肉や魚が散乱しているが、どれもとても古そうだ。

（火の玉がしみ込んだものだけ、氷が解けてしまっているけど）

ブルっと寒気が凛を襲う。火の玉が周りの肉や魚に入り込んでしまうため、凛の周りには火の玉がなくなっていた。さっきまでは、不思議な現象に驚いていたため体感温度を把握できていなかったが、今は……。

「さ……寒い」

「……凛！　足が」

「え？」

足を見みると靴が凍り始めていた。それは凛だけではなくアミューもだ。

「ちょ、ちょっと、これどうしたら……って、早い!!」

氷の進行スピードは速く、靴だけでなく足首、膝、太ももと迫っている。

「迂闊だった……僕まで一緒に凍るなんて」

「なんとかして……！」

「もう遅い、あと数分で僕たちは終わりだよ」

「え……」

アミューの言う通り、二人は数分と経たずに全身が凍ってしまう。周りにある肉や魚よりは大きいが、この場所にあるにしては相応しい形となったのだった。

★完

八十四番

安全を選んだ凛は、素早く補助魔法を空中に描いた。魔方陣は青白く光り、凛とアミューの足に向かって光が飛び出した。

「え」

そして二人は今まで来た道を戻るように走った。いや、走ったのではなく走らされたといったほうがいいだろう。

道を戻った二人の足が止まったのは、少し前にあった分かれ道のところだった。

「はぁ……ビックリした」

「ビックリしたのはこっちだよ。まさか、攻撃魔法を使わずに、敵から逃げる魔法を使うなんて思ってもいなかったよ」

肩で息をしているアミューは、案外体力がないようだ。

「もう無駄な体力を使っちゃったよ。ほら、真っ直ぐの道に進むよ」

★→三十一番へ

八十五番

凛たちはとにかく歩き続けた。ほとんどが真っすぐな道ばかりだったため、どっちに進もうかと悩まずにすんだというのもある。

「もうずいぶん歩いた気がするんだけど、この洞窟ってすごく広いよね」

ランプの話をしてから、心なしか落ち込んでいるように見えるアミューに笑顔で話しかける。だが、アミューな何も答えてはくれない。

(困ったな。こういう雰囲気ってどうしたらいいのか、わからないし……ん?)

目を凝らして前を見ていると、少し行った先が明るくなっているように見えた。

★アミューに聞く↓九十五番へ

★無言でアミューを掴んで明るい場所へ行く↓百五番へ

八十六番

補助魔法を使うことにした凛は、手帳を見た。

(初めに描かれているのは、敵から逃げる魔法だから使っても意味はないよね)

そう思い、凛は新たに加わった魔方陣を描く。そして魔法を発動させると、緑の光の玉が現れ、玉はアミューに向かって飛び出し命中した。

「こ、これは……」

アミューは見る見る間に筋肉質の大男へと変身する。

「……もしかして、味方の能力を上げる補助魔法？」

「って、何で僕がこんな格好にならなきゃいけないんだよ！　中世的なイケメンが僕の立ち位置なのに!!」

「自分でイケメンなんて言ってると好感度が下がるわよ！」

「そんなのどうでもいい。僕はマスターに認められれば、それでいいんだから！」

凛とアミューは、モンスターが目の前にいることを忘れているのか、どうでもいいことでもめている。

「もういいから、さっさとやっつけてきてよ」

「何で僕が」

アミューは手に入れた力を使う気がないらしく、そっぽを向いたままだ。
★写真を撮ってあげるという→百四番へ
★写真を見せてあげるという→百九番へ

八十七番

「どうかした？　今、見ている気がして……この手帳が何かあるの？」

凛はアミューが気にしていたのは、この手帳なのかと思い聞いてみた。

「あ、ううん。違う。この洞窟内にもう一人迷い込んだなって思って」

「へー……ん？」

凛は言葉を聞き流そうとしたが、ピタッと止まった。

「え、今、迷い人って……」

「たまにいるんだよね。どっかに、ほころびができているのかもしれない」

そう言ってアミューはため息をついた。

「凛に任せて進んでたけど、ここからは少しの間だけ僕についてきてくれる？」

「……いや、案内係はアミューなんだし、それについて何も止めたりしないよ」

「そ？　じゃあ行こう」

意外と簡単に案内係に戻ったアミューは、スタスタと道を歩き始めた。

「アミューってさ、本当にこの洞窟内の道を把握してるんだね」

「当たり前だよ。僕は案内係なんだから」

「……ここに来てから、案内なんてほぼされてないけど」

「……気に入らない奴には、案内しないことにしてるから」

失礼なことを言うアミューだが、本当に困っている人だったら助けるのかと思うと、凜は自然と口元を緩めていた。

「あ、そこの道を曲がるよ」

アミューは分かれ道を迷いなく選び、道を左に曲がったのだった。

★↓百七番へ

八十八番

ガタンゴトンガタンゴトン
「ここ……本当に線路だったの!?」

凜は地下鉄の線路の横を歩きながら、遠くから聞こえる電車の音を聞いていた。

「そうだよ。この辺りも結構迷路になってるから、一人だと多分迷って駅にすら出られないと思うけど」

そう言いながら、アミューは速足で歩いていく。

「ちょっと、待って。はぐれちゃうじゃない」

「僕は別にはぐれても、好きな場所に行けるし」

「……」

凛は、まだアミューの嫌がらせが続いているのかと思い、ため息をついた。だが、ここまで来て、はぐれるわけにはいかないので懸命に足を動かす。

(結局、あの洞窟の意味もわかんなかったし、龍にも会えなかった……)

「……」

(いや、龍には会えない方がよかったのかもしれないけど)

凛は速足というよりも競歩に近いスピードで歩きながら、アミューを見た。

(アミューのことも、何一つわからずじまいだったな……マスターとの関係も)

クラクションが鳴り、電車が目の前からやってくる。凛とアミューは隣の線路に移り、電車を避けた。もしかすると二人の姿は見えていないのかもしれない。

(まぁ、お店に行けば全部わかるか)

そう思い歩く凛だが、そこが普通の地下道ではないことに気付くのは、数時間後のことだった。

★完

八十九番

アミューの言う通りに左の道に進んでいると――

ぐおぉぉぉぉ

何かの雄叫びが前方から聞こえてきた。この道の先には、何かがいるようだ。

「これ龍の声なの？」

「そんなの行ってみればわかるんじゃない？」

アミューはサラッとそう言うと、歩き出した。凜もこれ以上聞いても仕方ないと諦め、同じように歩き出したのだった。

★↓百十七番へ

九十番

凜はアミューの言葉に返事をせずに、腕時計を見ることにした。

（全く動いてない。これって壊れたのかな？　それとも……）

「あ、ちょっと」

アミューの焦る声が聞こえる。顔を上げると、アミューは右の道に曲がっており、凛は右の道をスルーして真っ直ぐの道を進んでいた。

「あぁ、ごめんごめん、曲がるんだったね」

そう言って凛が道を戻ろうとすると、曲がり角の場所に戻ることができなかった。ぱっと見は何もないはずなのに、見えない壁が発生しているようだ。

「……ここの洞窟は基本的に一方通行でしか進めないんだよ。だから僕もそっちの道に行けないし、凛もこっちの道には来れないんだ」

「え……それってつまり……」

「……ここからは一人で進むしかないね」

「そんな……」

凛は前に続く真っ暗な道を見て、急に怖くなってくる。案内係が案内をしていないと思っていたが、ちゃんとアミューのいる意味はあったと、改めて気づいた。

「ま、どうにもできないから、頑張って。じゃあね」

一人きりになってしまった凛は、真っ直ぐの道を歩く。だが、一歩進んでは数分立ち止まり、また一歩進んでは数分立ち止まるを繰り返し、中々先には進めない。
アミューという存在がいないことで、凛の足が震えているからだ。
不安に支配された凛が地面にしゃがみ込んでいると――
ザッザッザッ
前方から、これまで聞いたことない音が聞こえてきた。
★地面に座ったまま何が来るのかを待つ↓百一番へ
★魔法を使って対抗する↓百三十番へ

九十一番

凛は直視するのが怖いのもあって、暗い場所を見るのをやめて、そのまま真っ直ぐの道を進んだ。

「見てもよかったのに」

そういうアミューの表情は、どこか小ばかにしたような表情だった。

「いいの。それより、こっちの道も何だかちょっとゾクゾクするんだけど」

「……あぁ」

アミューは右側の壁を見る。

「勘だけは冴えてるよね凛って。でも、ちょっと遅かったかな」

そう言われて前を見ると、また別の広い場所にたどり着いた。そして部屋に一歩足を踏み入れると、地面に書かれていた大きな魔方陣が光を放った。

「えっ」

凛が驚いたのと同時に、二人は光に飲み込まれてしまったのだった。

★↓百二十四番へ

九十二番

凛はさっきまでのアミューの行動を、ごまかすことにした。

「特に何も。それよりも、意識がなかったみたいだけど大丈夫？」

「……」

アミューは、凛と壁に刺さっている出刃包丁を交互に見てからため息をついた。

「何でもない。ここが寒いから、ぼんやりしちゃっただけかも」

「えぇっ。それは危ないよ。いったん道を戻ろう」

凛はアミューの背中を押す。

「……そうだね。こんな所に長くいたって、いいことは何もないだろうし」

二人はそう言いあい、三つの道に分かれている場所まで戻り、別の道に進んだ。

★真っ直ぐの道へ↓二十三番へ

★左の道へ↓十五番へ

九十三番

凛は火の玉を次から次へと魔方陣で出し、この空間にある全ての肉や魚を新鮮な物へと変えた。

「はぁはぁはぁ……」

肩で息をしながら、周りを見渡す。美味しそうな色になった肉や魚は、今すぐ調理をしてほしそうな雰囲気を出していた。

「じゃあ、次は僕の番だね」

「え？」

「浄化！」

アミューは案内板を天井に掲げて、そう叫んだ。すると、霜が落ちて真っ白になっていた空洞は、これまで歩いてきた道と同じ色に変わった。

「さ、じゃあ肉と魚をいくつか持って江戸屋に行こう」

「え？」

「マスターの料理、食べよ」

「ええっ？」

アミューは今までにないぐらいの笑みを浮かべて、光を放ったのだった。

★↓九十九番へ

九十四番

攻撃魔法を使うことにした凛は、手帳を見た。手帳には火の魔法と風の魔法がある。ポリバケツに効果的なのはどっちだろうか。

★火の魔法を使う↓百六番へ
★風の魔法を使う↓百十四番へ

九十五番

「ねぇアミュー、あれって出口？」

凛は沈黙が耐えられず、案内をしない案内係のアミューに光について聞いた。

「……違うよ」

「……もしかして熱でもある？」

「？　なんで」

「いや……アミューが質問に答えたから」

凛の言葉に、アミューはため息をつく。

「バカなこと言ってないで行くよ」

「う、うん」

★↓百二十六番へ

九十六番

凛は好奇心に負けて薄暗い場所に入っていく。遠くからは見えなかったが、近づいてみると、凍った鶏や豚、牛が皮をはいだ状態で置かれていた。

「ひぃっ」

　思わず声が漏れて、後ろに一歩下がった。

「ね。だから見なくてもいいって言ったでしょ？」

　アミューは初めからそこに何があるのかを知っていたのか冷静な声だ。

　ギギッ
「……!?」

　生肉たちは凍っているはずなのに、そんな音を鳴らしながら、ゆっくりと凛に歩み寄ってくる。

「あぁあ。目をつけられちゃった」

「……」

　凛はアミューの方に振り向く余裕もなく、動き出した生肉たちを凝視する。

「彼らは凛にも仲間になってほしいみたいだよ？」

「……それって」

「同じ状態にして凍ってほしいってこと。ま、頑張って逃げてね」

　ガガッ

「いやーーーー!!」

凛は生肉たちに追いかけられ洞窟内を走って逃げたが、その後彼女の姿を見た者はいなかった。

★完

九十七番

アミューは、てきぱきと分かれ道を無視して進んでいった。

「ねぇ、さっき曲がり角があったけど、どっちにするって聞かなくてよかったの?」

凛は今までと違うアミューの態度に戸惑いながら聞いてみる。だがアミューは何も答えずにニッコリと微笑んで、またスタスタと歩き出す。

(あれ。そう言えば、案内を始めてから一度もちゃんと話をしていない気が……)

アミューをよく観察してみると、手に持っている案内板がうっすらと光っていた。そしてアミューは、その案内板に導かれているかのように歩いている。

★案内板について聞く↓百十二番へ

★アミューを攻撃する↓百十九番へ

九十八番

お腹が空いていた凛は思い切って魚の切り身に近づき、身体にかじりついた。

「……！」

かじりつかれた魚の切り身は驚いているようだったが、凛も驚いている。

「何これ、滅茶苦茶おいしいんだけど！」

凛は感動し、その勢いのまま魚の切り身にむしゃぶりついた。だがしばらくすると、凛の顔は真っ蒼になり、お腹を押さえて倒れてしまう。

そんな凛をアミューは呆れ切った表情で見た。なぜなら、魚の切り身はほとんどが食べられており、残り僅かだけが残っている状態だからだ。

(こいつも、こんな倒され方をするとは思ってなかっただろうな)

最後の一切れになった魚の切り身を持ったまましゃがみ込んでいる凛に、アミューは近づく。

「最後の一口食べなよ」

「……ちょっと待って、今腹痛と戦ってるんだから」

「……」

★凛に最後の一口を無理やり食べさせる→百十一番へ

★凛の背中をさすってあげる→百十六番へ

九十九番

「旅はどうだった？」

「もー、全然意味が分かんなかったよ」

江戸屋のカウンターでお酒を飲みながら、凛はマスターの美味しい料理をほおばっていた。凛の隣では、アミューが夢中でご飯を食べている。

「しかし、アミューを連れてくるなんてな」

凛とアミューの席から二席空けて座っている山さんが、話しかけてくる。

「どうだ、美味しいか？」

「……うん！」

マスターに声をかけられたアミューは、幸せいっぱいの表情で頷いた。

「あーでも、鱗料理食べたかったなぁ」

日本酒を飲みながら、山さんが呟く。

「うぅ、ごめん」

「謝ることはないよ。一緒に行こうとしていたのに、一人で凛ちゃんを向こうに送ったのは俺のミスだし」

マスターはそう言いながら、果物の皮をむき始めた。

「あはは。まさか携帯電話が鳴って、驚いた俺がマスターの服を引っ張って行けなくなるなんてな」

山さんは笑いながら、日本酒を飲み干した。

「もう、笑い事じゃなかったんですよ」

「まぁ、また来月にでも行けばいいか。今度は三人で。な、マスター」

「そうだな。はい、これはおごりの果物だよ」

マスターと山さんにそう言われて、凛は「ははは」と笑いながら果物を食べるしかなかったのだった。

★完

百番

凛は口の中に入った魚の切り身を無理やり出す。口の中から出た魚の切り身は、地面に落ちると紫色の液体へと姿を変えた。

「まぁ……ここにあるもののことを考えれば、そうだよね」

アミューは魚の切り身の正体を知っているのか、一人で納得している。

「……うぅ」

凛は口元を抑えてしゃがみこんだ。

「……だめ。気持ち悪い……」

吐き気が催してきたのか、凛の顔は真っ青になっている。

「うーん、これ以上は無理かな」

アミューはそう言うと、案内板を上にかざした――。

★↓九十九番へ

百一番

足が竦んでしまった凛は、その場に立ちすくんだ。

「凛ちゃん！」

　だが目の前に現れたのは、よく知っている顔だった。

「ま……マスター⁉」

「おいおい、ひどいな俺もいるよ？」

　マスターの後ろからは、山さんも姿を現す。凛は安堵からか地面に座り込んだ。

「もしかして一人だったのか？」

「……はぐれちゃって」

「そうか。よかった無理してでも山さんと凛ちゃんを探しに来て」

　そう言うとマスターは優しい表情を浮かべて、凛に手を差し出した。

「さ、店に帰ろう……アミュー、そこにいるんだろ？」

「え？」

　マスターがそう言うと、物陰からアミューが出てきた。

「一緒に行こうか」

「……うん！」

★↓九十九番へ

百二番

凛とアミューは同時に地面にお尻から着地した。

「いった……」

「っ……」

　受身の取れなかった二人は、かなりのダメージを受けたようだ。しばらく放心状態でいたのち、二人は立ち上がって辺りを見渡す。そこはちょっとした広い空洞になっていた。特に敵がいるわけでもなく、何かが置いているわけでもない、ただの空間だ。

「なんか、誰かの部屋みたいだね」

「何もない場所を見て、よくその発想が出てくるね」

　アミューは飽きれたような表情を浮かべる。

「そう？　あ、あそこに道があるね」

　二人が立っている場所の対角線上に、これまでと同じ幅の道が見えていた。

「とりあえず移動しよう」

「そうだね」

凛とアミューは空洞から出ると、道なりに歩いて行った。

グオォォォォォ
キエェェェェェ
すると、何かの鳴き声が左右から聞こえてきた。

「な……また敵なの？」

凛は身構える。

「まぁこの辺はね。ほら、そこ三つに道が分かれてるでしょ？」

アミューは手に持っている案内板を前に向けた。凛がその先を見ると、確かに道は三つに分かれている。

「左の道に行くと、龍の場所まであとちょっとだよ」

と、アミューは珍しく案内係のような発言をした。

★左の道に進む↓八十九番へ
★真ん中の道に進む↓百十三番へ
★右の道に進む↓百十八番へ

百三番

扉の中は家具が一式揃っている部屋だった。入り口付近には炊事場さえある。

「ここは……」

「ようこそ、僕の部屋へ」

アミューはそう言って、ニッコリと微笑んだ。

「さ。椅子に座って。歩き疲れたでしょ？　紅茶を淹れてあげるよ」

凛はアミューに促されて、近くにある椅子に座る。アミューは炊事場に立って、やかんに水を入れて火にかけた。

「ここは安全だから、安心していいよ」

そう言いながらアミューは、水が沸騰する前にやかんに薬を入れる。

「……これで僕と同じ住人になれるね」

★↓完

百四番

「写真を撮ってあげる！　カッコいい所をマスターに見せればいいじゃない！」

「そんなの、マスターと洞窟探索をしている時に見せてるよ！」

確かにアミューは、マスターと探索をしている話を一番初めに会った時にしていた。

(他にアミューをその気にさせる言葉なんて……思いつかない)

凛が困っていると、アミューは筋肉ムキムキのまま地面に座り込んだ。テコでも動かない気らしい。

(困ったな……こうなったら他の魔法を使うか)

★火の魔法を使う↓百六番へ
★風の魔法を使う↓百十四番へ

百五番

凛はアミューを掴んで光の方へと向かう。

「ちょ、ちょっと乱暴に掴まないでよ。服が伸びちゃうだろ」

意外とそういうことを気にするアミューは、凛の手を服から離した。

「あ、ごめんごめん。ちょっと急ぎたい気分になっちゃって」

「……本当、凛って変なタイプの人間だよね」

「そう？」

「……そうだよ。ほら、行こう」

アミューはそう言って手を差し出してきた。どうやら少しは、アミューも凛に対して心を開きつつあるのかもしれない。

★↓百二十六番へ

百六番

凛は火の魔法を使うことにした。

（まずはこの最初に書かれている方の魔法でいいよね？）

凛は素早く魔方陣を描く。すると火の玉が現れ、ポリバケツに攻撃を仕掛けた。

だが、ポリバケツには何も効果はないようだ。

★風の魔法を使う↓百十四番へ
★防御をする↓八十二番へ
★もう一つの火の魔法を使う↓百三十六番へ

百七番

今までよりも少しだけ広い道幅の所に出る。数歩歩くと、道の真ん中にスポットライトが当たっており、そこには椅子に座った等身大の人形が置かれていた。人形は凛たちと同じぐらいの大きさだ。

「な……何あれ」

凛も不気味さを感じているのか、身体が後ろに引き気味だ。だがアミューは人形に近づいて、その人形を持ち上げた。

「!? 何してるの？」

「……抜け殻か」

アミューは、人形を椅子の上に戻した。

「どういうこと……迷い人がいるって言ってたけど……」

等身大の人形というだけあって生々しさを感じる。布でできた、のっぺらぼうの人形。雑貨屋に置いていたら、マネキンとして使われていそうな感じだ。凛はそれが人形だとわかっていても触ることができなかった。

「……知りたい？」

いつもよりも低音の声でアミューが聞いてくる。

★知りたいと言う↓百二十三番へ

★知りたくないと言う↓百二十八番へ

百八番

凛はイチかバチか、さっき起こったことを説明した。

「……僕が」

アミューは表情を失くして、壁に刺さった出刃包丁の所に歩いていく。

(何か……嫌な予感)

凛の予感は的中し、アミューは刺さった出刃包丁を手に取ると、再び凛に襲い掛かってきた。

(やっぱり説明するんじゃなかった!!)

そう思ったものの、これまでよりも機敏になっているアミューの動きにはついて行けず、凛は出刃包丁を一身に受けたのだった。

★↓完

百九番

「マスターの写真を見せてあげるから！」

「え」

「この前、マスターの誕生日に山さんと三人で写真を撮ったの。マスター一人とケーキの写真もあるよ！」

　凛は少し前のマスターの誕生日を思い出しながら叫んだ。

「う……うぉぉぉぉっ!!」

　筋肉質になったアミューは雄叫びを上げると、ポリバケツに向かって突進する。そしてポリバケツは、あっという間にひしゃげられ、遠くへと飛ばされた……。

「やった！」

　アミューは見事にポリバケツを倒した。

「凛！　写真！　今すぐ見せて!!」

　ポリバケツを倒したと同時に凛の魔法が解けたアミューは、いつもの姿に戻り凛の元へと駆けてきた。

「……」

ポリバケツの最後を全く気にしていないアミューを見て、凛は何も言わずに携帯電話に入っている写真を、アミューに見せた。

「はぁ～！　本物のマスターだ！」

アミューは本当にマスターが好きなようだ。凛は敵のいなくなった空間を見渡していると、黄色とオレンジの扉があることに気付いた。
★黄色いドアを開ける↓百二十五番へ
★オレンジのドアを開ける↓百三十八番へ

百十番

凛は火の玉がしみ込んだ肉の塊の近くに行く。近くで見てみると、肉は艶やかな色をしており、とても新鮮そうだ。

「？」

「ふーんさすがだね。ここの食材を全て生き返らせてみてよ」

「生き返らせる？」

そう言われて凛は、まだ火の玉がしみ込んでいない肉の塊を見た。肉はどす黒い色をしており、かなり腐っているようだ。

（火の魔法は攻撃魔法じゃないのかな？　それとも時と場合によるもの？）

「……って考えていても仕方ないか」

万年筆を握りなおすと、空中にいくつもの魔方陣を描いた。

「これでどうだ――!!」

★↓九十三番へ

百十一番

アミューは無言で最後の一口を食べさせた。

「むぐぅ……」

凛が飲み込むと、不思議なことに腹痛はなくなり、元の状態に戻った。

「あれ」

「ようやく倒せたね」

アミューに言われて前を見ると、モンスターの姿はなくなっていた。

「勝ったの……？　戦ってないけど」

「……本当に戦ってはないけど、そうだよほら、行こう」

「う、うん」
★↓九十七番へ

百十二番
「ねぇ、案内板ってそんな風に光っていたっけ？」

「……ずっとこんな感じだったよ」

アミューはそう言ってほほ笑む。明らかに今までのアミューとは別人だ。

いつものアミューとはどこか違う雰囲気のまま彼は歩き続ける。分かれ道があると『案内係』として、右へ左へと迷いなく進んでいった。

（ただ歩くだけだと、洞窟の中ってこんなに淡々とした感じになるんだ）

いくつもの分かれ道をやり過ごすと、目の間に三方に分かれた道が出てきた。

アミューは真っ直ぐに行こうとしている。
★アミューについていく↓五十番へ
★左の道に無理やり曲がる↓五十四番へ

★右の道にアミューを誘う↓五十七番へ

百十三番

真っ直ぐの道を選んだ凛は、その道を進もうとした。だが、見えない壁に押し出され、進むことができない。

「どういうこと？　この道は通れないの？」

「……そうみたいだね。どうする？」

凛は左右の道を見てから、結局アミューが勧めた左の道を選んだのだった。

★↓八十九番へ

百十四番

凛は風の魔法を使うことにした。

（風の魔方陣は……一つしかない。どんな効果があるかわからないけど）

凛は素早く魔方陣を描く。すると魔方陣からハリケーンが飛び出した。

「わっ、ちょっと風強くない？」

「凛、しゃがんで！」

アミューに言われて、凛はしゃがみ込む。ハリケーンは、ポリバケツに向かって突っ込み、ポリバケツは宙を舞って、どこかへ飛んで行ってしまった。

「あ……もしかして勝った？」

「そうみたいだね」

アミューは、ポリバケツがいたところに落ちていた何かを拾う。

「あげる」

「……砂時計？」

「使い方は教えてあげないけど、役に立つよそれ」

アミューは中途半端な親切さを見せる。だが凛は、いちいち突っ込むのも面倒なので、素直に受け取ることにした。

「さてと、じゃあ先に行こう！」

前を見ると、黄色いドアとオレンジのドアがあった。

★黄色いドアを開ける→百二十五番へ

★オレンジのドアを開ける→百三十八番へ

百十五番

「ここ……西日暮里のお店⁉」

　凛は周りを見渡して、そう叫んだ。小さな扉を抜けた先は、なんと西日暮里駅から歩いて数分の所にある居酒屋の中だった。

「ちょっと凛、止まってないで入っちゃってよ。僕が入れない」

　アミューは凛の背中を押して無理やり中に入った。

「へー。このお店につながったんだ」

「って、違うところに出ることもあるの？」

「まぁね」

「……あの扉ってなんなの？」

　アミューは鼻で笑うと、店の中を歩き外への扉に向かった。

「そんなのどうでもいいんじゃない？　ほら、ここから巣鴨だったら、そんなに遠くないでしょ？　早く行こうよ」

　機嫌のいいアミューはそう言うと、先に店を出て行ってしまった。

（……結局、何も解決しないまま謎だけ残して終わったな。店についたらマスター

と山さんに、ちゃんと聞かなきゃ）
凛はため息をついて、アミューの後を追ったのだった。

★完

百十六番

アミューは苦しそうにしている凛の背中をさすった。

「あ……ありがとう」

「いいよ。でも、これでお別れだね」

「？」

アミューは凛の握っている一口分の魚の切り身を掴み、地面に落とす。するとそれは、紫色の液体に変化した──。

「なっ」

「……ここにある食べ物は基本的に全部毒だから」

凛の背中をさするのをやめて、地面に寝転がせる。凛はお腹だけじゃなく胸も苦しくなっていくのを感じた。

「わ……わた……？」

「お休みなさい凛……永遠に」

★完

百十七番

しばらく歩いていると広い場所に出る。そこは広い空洞だった。ただ、照明に使われている電球の数が圧倒的に少ないために、空間がどれくらい広いのかを正確に判断することはできない。ただ、凛たちがいる場所の近くは、うっすらとモヤがかかっており、気温を下げているようだった。

「ここって……」

「この洞窟の最奥……龍がいるところだよ」

ぐぉおおおぉ

アミューが説明を終えたと同時に、雄叫びが聞こえてくる。おそらく龍の声なのだろう。その声に反応して、凛は身体が痺れるのを感じた。

「凛、もう少しだけ前に行くよ」

アミューは先ほどの雄叫びに何も感じないのか、スタスタと歩いていく。

「うん……」

凛はアミューに置いて行かれないように、すぐ後ろに続く。少し歩くと、モヤの中から巨大な顔の龍が現れた。皮膚は深緑色で目はギョロっとしている。顔は全体的に細長く、口ひげもあり、古代の龍のイメージそのものだった。

(本当に……いたんだ)

感動と興奮と恐怖が混ざった感情で、龍を見上げる。すると龍と視線が合った。

「ぐぉぉぉぉぉ!」

龍はまた雄叫びを上げる。その声に反応して、凛の身体はまた強張ってしまう。

(確か……龍の鱗を持って帰るのが、この冒険の目的だったよね)

凛はそう思うものの、どうしたらいいのかがわからない。

「凛、龍の鱗を!」

アミューは凛を促す。彼はこの場面になっても、何もする気はないらしい。

「わかった……」

覚悟を決めた凛は小さくそう呟き、一歩前に出る。

「ぐおぉぉぉぉぉ」

「り……龍……」

凛は一歩前に足を進めた。龍の目がギョロリと凛を捉え、鼻息を吹きかけてくる。

突風が凛を襲うが、吹き飛ばされることはなかった。

「風ぐらいなら僕に任せて」

何と後ろにいるアミューが案内板を持ち上げて、何かの魔法を使っているようだ。だが凛は、アミューが魔法を使えることよりも、自分を助けてくれていることに衝撃を受けた。

(今まで何もしなかったのに……!?)

凛が愕然としていると、後ろからアミューの声が聞こえてくる。

「ちょっと！　今失礼なこと考えたでしょ！　ちゃっちゃと、鱗をもらってきなよ！　僕は早くマスターに会いたいんだから」

アミューの最後の言葉に凛は納得した。アミューが魔法を使っているのは、凛を助けるためではなく、マスターに会いたいからだ。

(最後までブレないな……ま、その方が、こっちも気楽だけど)

アミューとのやり取りで、いつもの凛に戻った彼女は、改めて龍と対峙した。

(アミューはなんだかんだ言いつつ、嘘は言わない。そんなアミューが、龍に対して攻撃をしろとは言っていない……ということは)

凛は大きく息を吸い込んだ。

「龍――!! 鱗を一枚くださーーーい!」

凛は自分にできる限りの大きな声で叫んだ。

「……了解した」

龍は尻尾の方から一枚鱗を外すと、凛に渡した。

「お主の洞窟内の行動は全て見ておった。初めてにしては、なかなか面白く楽しませてもらったぞ。またここに来るのを楽しみにしておる」

龍はそう言うと姿を消した。凛の手元に黒く光る龍の鱗だけを残して。
★砂時計を持っていない↓百二十二番へ
★砂時計を持っている↓百三十三番へ

百十八番

アミューが教えてくれた道とは真逆の道を選ぶ。

「僕ってそんなに信用ないんだね」

「……それ、今さらって気もするけど」

凛がそう言うと、アミューはため息をついた。

「そうかもね。じゃあ信頼回復のために、記憶を消して最初から冒険し直そうか」

「え？」

アミューは手に持っていた案内板を掲げ、凛たちは光に飲まれた。

★↓一番へ

百十九番

凛は万年筆をアミューに向かって投げつけた。戦い方として間違っているが、この戦い方が気に入っているのだろう。投げた万年筆は、案内板に突き刺さる。

万年筆が刺さった所からひびが入り、案内板は光を失った。

「……あれ？」

アミューは案内板を地面に落とし、周りを見渡している。

「……よかった、正気に戻ったんだね」

「え、何があったの？」

「アミューが、ちゃんと道案内をしてたんだよ！」

「……」

凛とアミューは無言で見つめ合う。

(あれ……もしかして私、余計なことをしたんじゃ)

凛は今さら、自分の行動が間違いだったかもしれないと後悔する。

「……はぁ。相変わらず運だけはいいよね」

「え？」

「……何でもない」

アミューはひびの入った案内板を拾い上げると、万年筆を抜いて凛に渡した。

「凛だったら……もしかすると」

ボソッとそう言うと、アミューは歩き出した。凛も慌てて後に続く。しばらく歩くと、少し先の道から光が漏れていた。

「もしかして出口？」

「いや、あれは……」

だがその後は何も言わなくなる。アミューは決定打となるような言葉を凛に伝えるのには、まだ抵抗があるようだ。

「……ま、いっか。行ってみればわかるんでしょ？　じゃあ、行こう」

凛はアミューの態度を気にせず、進んでいったのだった。

★↓百二十六番へ

百二十番

「へい、らっしゃい！」

「……」

凛がハッと気づくとカウンター席に座っていた。そこは厨房をぐるりと囲み、五十人ぐらいがカウンター席に座れる居酒屋のようだ。とても活気にあふれており、美味しそうな匂いがしている。

「もつ焼き頂戴！」

「はいよー！」

凛の左隣に座っていたアミューが注文をする。

「えっ……何、注文してるの!?」

「何って、もつ焼きが有名な店なんでしょ？　一度食べて見たかったんだよね」

アミューは、しれっとそんなこと言う。

「いやいやいや……そうじゃなくって。だってさっきまで……てか、ここどこ？」

凛は混乱しながらアミューに聞くが、凛の右隣に座っていた女性が、割りばしを割って、存在感をアピールしてくる。そして、

「ここは上野の大衆居酒屋、大酒豪よ。メディアでもよく取り上げられてて、もつ焼きが有名なの」

と、突然女性が話に入ってきた。

「……だって。凛も食べてみなよ」

アミューの前には、いつの間にかもつ焼きが置かれていた。

「美味しそー！」

マイペースなアミューは、もつ焼きをほおばり、幸せそうな顔をする。

（ってことは、もう地上に戻ってきてるんだ。どうして、こんな状況になっているのかがわかんないし、結局あの洞窟は、なんだったの？）

と、ふと凛の脳裏にマスターの姿が映し出される。

「そうだ。マスターのところに行かなくていいの？」

「あっ！　本当だ。マスターのところの、もつ焼きも美味しいんだよね」

「……」

「これを食べたら巣鴨に行こう。ここが上野だから、三十分で行けるだろうし」

意外と東京の地理に強いアミューはそう言って、もう一口もつ焼きを食べ、幸せそうな顔をしたのだった。

★完

百二十一番

アミューの様子がおかしいと気づいた凛は、急いで万年筆で補助魔法を描いた。

「なっ」

アミューが言葉を発すると同時に、凛は魔方陣の真ん中を万年筆で叩く。すると青白い光が、凛とアミューの足元へ――と、その前に驚いたアミューが案内板を掲げてしまった。

「あ、ヤバい！」

アミューはすぐに体制を戻そうとしたが遅く、二人は案内板の効力で転送されてしまった。

★↓百二番へ

百二十二番

光が収まり、二人が目を開けるとそこは江戸屋だった。

「凛ちゃん！」

マスターが笑顔で凛の名前を呼ぶ。

「マスター？」

凛はまだ少し、ぼーっとしているのか、ぼんやりとした表情をしている。

「マスター!!」

だが凛の左隣にいるアミューは、これでもかというぐらいの笑顔を見せる。

「アミュー。ということは、冒険は成功したんだな」

「うん！　僕、すっごく頑張ったんだよ！」

アミューはそう言うと、カウンターに手を置いて、ぴょんぴょんと跳ねている。

「……」

凛はようやく現実世界に戻ってきたことを実感したが、アミューは何を頑張ったのだろうと首をかしげた。

「あはは。お疲れさん」

声のした方を見ると右側に山さんの姿があった。

「！疲れましたよ〜。あんな場所へ、いつも二人で行ってたんですか」

凛は緊張の糸が切れたのか、カウンターに突っ伏した。左隣にいるアミューの元気な声が、余計に凛を疲れさせているのかもしれない。

「まぁ、俺も昔は飲食店を経営してたし、流れでね」

「飲食店……」

凛は洞窟で、あったことを思い出す。だが、考えるよりも先に、『ぐー』と凛のお腹の音が鳴った。

「お腹が空いてるんだったな。飯食うだろ？」

マスターはアミューの相手をしながら、凛に話しかけてきた。

「うん！　食べる！」

「じゃあすぐに用意してやるよ。……もちろん、アミューの分もな」

「わーい！」

どんなキャラだったかを思い出せないぐらいに変わったアミューを見ながら、凛は自分が持っているものを思い出した。

「あ、そうだ。マスター！　これも使って」

凛が手に持っていたのは、龍から手に入れた鱗だ。瓦一枚分ぐらいの大きさだが、それが一体どんな食材になるのかが、凛には見当もつかない。

「いい部位を貰って来たね。これは久しぶりに美味しい裏メニューが出来そうだ」

少年のように、やんちゃな表情でマスターが言うと、山さんもニヤニヤした。

「本当かい。じゃあ今日は最高の酒を飲まなきゃな。凛ちゃんに奢ってあげるよ」

「やった！」

「アミューも飲むか？」

「僕はいい。だって僕はマスターが注いでくれた炭酸水が一番だし」

アミューは山さんも好きじゃないのか、マスターを見ながら冷たく答えた。山さんもアミューの言動を気にせず、普通に凛にお酒を注いだ。

「じゃあ、乾杯」

「乾杯」

「……」

凛たち三人はグラスを傾け合い、心地のいい音を鳴らした。こうして今夜も、何事もなかったかのように、いつも通りの夜が訪れる。

(鱗料理……どんなのが出てくるんだろ)

『いつも通り』が、どこまでの範囲のことを言うのかはわからないが、凛たちは楽しい夜を過ごしたのだった。

★完

百二十三番

「……知りたい」

「そうなんだ。ふーん」

アミューはそう言うと、また人形を持ち上げて凛に近づいた。間近で見ても、やはり人形はどこか気味が悪い。ただ人形は、新品のようにとても綺麗だった。

「抱っこさせてあげる」

「え……ひぃっ⁉」

アミューは持っていた人形を、凛に抱えさせた。
★人形を抱きしめる↓百二十七番へ
★人形を突き放す↓百三十一番へ

百二十四番

転送された先は、小学校の運動場ぐらいの広さがある場所だった。モンスターの気配はないが、部屋の真ん中には小さな箱がある。

「ここは？」

「ここは恵比寿だよ」

「はぁ？」

アミューの言葉に、凛は思いっきり首をかしげる。

「ま、信じる信じないは、どっちでもいいんだけどね」

アミューは部屋の真ん中にある箱に向かって歩き出す。

「ちょ、ちょっと大丈夫なの近づいて」

「この箱には鍵が入っているだけだから」

そう言ってアミューは、箱から金色のカギを取り出し、凛に渡した。

「どこの鍵?」

「江戸屋に行くための鍵だよ」

凛は金の鍵を見る。この洞窟に入ってから龍を探しているものの、最後はどうやって江戸屋に戻るのかと思っていた。するとアミューはスタスタと歩き出す。

「ちょ、ちょっと、どこに行くの?」

「そこの細い道を進んでいくと、凛が最初に現れた場所の近くにまで戻れるんだ。で、その少し先に扉があって、そこの扉の鍵がそれってわけ」

アミューはスラスラと、まるで本物の案内係のようにそう言う。

「どうしたの、急に」

「別に。だってここまで来たら、早くマスターに会いたいし、凛に意地悪している場合でもないでしょ」

アミューの言葉に、凛は唖然としてしまう。

「ほら、ぼーっとしてないで行くよ！」

明るい表情のアミューに案内され細長い道をひたすら歩く。永遠と思えるぐらい長く、二人は何度か休憩を繰り返した。そしてしばらく歩くと――。

「ようやく出られた……」

凛とアミューは無事に細長い道から出ることができた。

「ほら、そこの広場が、僕たちが出会った場所だよ」

そう言われて左を見ると、少し広い場所があった。アミューはスタスタと、広場の方へと歩いていく。そして、広場の奥にある壁を触り始めた。

「何をしてるの？」

「この辺にボタンがあるんだ」

凛もアミューに近づいて、壁をじっと見た。すると少しだけ盛り上がっている場所を発見する。

「これ？」

「あぁ、そうそう、それ」

　ボタンを押すと扉が現れた。

「さ、鍵を使ってみて」

「うん……」

　凛は鍵を差し込み扉を開けた。すると、目の前に階段が現れる。

「ここを進めば江戸屋の倉庫に続いてるよ。じゃ、行こうか」

「うん……って、待って。私、龍にも出会ってないし、鱗も！」

　凛は直前になって、この洞窟内を歩いていた目的を思い出した。

「あぁ、わかってなかったの？　この道は旅をリタイアするための道だよ。まぁ、龍の鱗がなくっても、マスターは僕が来てくれたら喜んでくれると思うけど」

　マスターが喜ぶ、という点がアミューにとっては何よりも大事なようだ。

（本当にこのまま戻っていいのかな……）

★終わる↓九十九番へ

★記憶を消して旅をやり直す↓一番へ

百二十五番

黄色の扉を開けると、すぐ目の前に椅子に座った人間がいた。

「っ⁉」

凛は驚いて立ち止まり、後ろから歩いてきたアミューとぶつかった。

「わっ、ちょっと何⁉」

「だ、だってあれ……」

椅子に座っている人間はじっと座っているだけで、動く様子がない。というより生きている感じがしないのだ。

「……あぁ、誰かが来てたんだね」

だがアミューは見なれているのか、凛を避けて椅子の近くまで歩いていく。

「うん。やっぱりそうだ。ほら、これは抜け殻だよ」

そう言ってアミューは、人間の腕を持ち上げた。

「抜け殻？　え、人間の抜け殻？」

聞きなれない言葉に動揺する凛だが、ここに来てから日常的なものは、ある意味なかったともいえる。遠くから見ると人間のように見えていたそれは、近づくと人間によく似た人形だった。だが顔がのっぺらぼうなだけで、異様なほど人間に似せて作られているため、あまり気持ちのいいものではない。

「僕と出会う前に何かと遭遇して、強制送還されたんだろうね」

「それってつまり……」

「端的に言えば、戦いに負けたってこと」

アミューはそう言うと、案内板を上に持ち上げ、白い光を放つ。すると人形と椅子は粗大ごみのようにポリ袋に入れられ、道の横に置かれた。

「困るんだよね。こういうの。後片付けが大変だから」

「……その人、死んじゃったの？」

洞窟に来てから死という概念を考えていなかったが、実際にモンスターと戦った凛には、これまでと違う緊張感が走っていた。

「……死んだよ。でも、さっきも言ったけど強制送還されてるから、向こうでは生きてるんじゃない？」

「え？」

確かにアミューは、先程も『強制送還』という言葉を使っていた。

「それってどういうこと？」

「だから、この洞窟内で倒れたら、強制的に元の場所に飛ばされるってこと」

「そうなんだ……あれ？」

凛はアミューの言葉に納得しかけて、ハッとした表情をする。

「今度は何？」

「アミューが、まともに私の質問に答えてるって思って」

「あぁ、何だそんなこと？」

アミューは片づけを終えて、パンパンと手をはたいた。

「ここからはほぼ一本道で、龍のいる場所に行けるからね。ここまで来た凛に、ちょっとは情報をあげようかなっていう気まぐれだよ」

アミューは案内板を持ち直すと、凛の腕をつかんだ。

「さ、行くよ。最後の戦いに」

「……うん」

凛はポリ袋に入れられた人形を横目で見ながら、アミューに引かれるままに歩き出したのだった。

★↓百十七番へ

百二十六番

光を放っていた場所に出ると、そこは広い空洞になっていた。二十畳ぐらいの広さで、他に道があるようには見えない。行き止まりになっているのだろう。

だがそれよりも、凛が釘付けになっているのは、部屋の真ん中に立っている古びた鍋やフライパンが引っ付いて、ウゴウゴと揺らいでいる何かだった。

「……何あれ」

「何って……モンスターだよ」

「えっ」

古びた鍋が顔になっているモンスターは、凛に向けて無数の液体のようなものを飛ばしてきた。凛はかろうじてそれらを避ける。地面に落ちた液体は、ジュッという音を出して、地面を少しだけ溶かした。

「ええっ!?」

身の危険を感じた凛は、一歩後ろに下がる。

「凛も攻撃しなよ～」

だがアミューは空洞の隅に移動し、凛に間の抜けたエールを送った。

「ちょっ、それずるくない⁉」
★火の魔法を使う→百二十九番へ
★風の魔法を使う→百三十二番へ
★アミューに戦うように叫ぶ→百三十五番へ

百二十七番

凛はやけになっているのか、人形を強く抱きしめた。すると脳裏に知らない人の日常が映像として流れ出した。

(これもしかして……記憶?)

映像はたわいもない一日だ。だが、凛とは生活の仕方が違う。

「……順応早いねぇ」

アミューはニヤニヤした表情で、凛から人形を奪った。

「何だったのこれ」

「見ての通りだよ。彼女は記憶だけをここに置いて、元の場所に戻ったんだ」

アミューはどこからともなくポリ袋を取り出し、その人形を押し込んだ。

「な、何してるの？」

「凛はゴミをゴミ袋に入れないの？」

「え……」

アミューはポリ袋の口をしっかり結ぶと道の隅に寄せ、そこにイスも置くと歩き出す。凛はモヤモヤしたものを抱えながら、アミューの後に続いた。

★↓百三十四番へ

百二十八番

「別に……」

「あっそ、じゃあ、先に進むよ」

アミューは目の前の曲がり角を見た。人形の先には左に曲がる道だけがある。

「え、う……うん」

凛は椅子に座っている人形を遠巻きにして横を通り抜けた。

(あの人形……何だったんだろう?)

★↓百三十四番へ

百二十九番

凛は、一番初めに書かれていた火の魔方陣を描くことにした。空中に万年筆で魔方陣を描くと、凛は魔方陣の真中を軽く叩く。すると小さな火の玉がいくつか出てきた。火の玉はモンスターに向かって飛び出し――

「やった……!?」

だが古びた鍋やフライパンは、火の玉が当たることで新品のように輝きだした。

「ええっ!?」

モンスターは、恐らく手であろうフライパンで自分の手をマジマジと見ている。

「っ!!」

自分の手が新品になっているのに気づき、モンスターはハッピーオーラを出したかと思うと、そのまま消えてしまった。

「……なんだ、もう勝ったの? つまんないな」

アミューが凛の後ろで毒づく。

「え？」

「ほら……」

アミューは地面を指さす。するといつの間にか、この部屋一面に描かれていた魔方陣が輝きだし、凛とアミューは光に飲まれてしまった。

★↓百二十四番へ

百三十番

凛は恐怖から魔法を使うことにした。だが、アミューという支えを失った凛は、手が震えており正しい魔方陣を描くことができない。円陣はいびつな形をしており、中の図形も滅茶苦茶だ。それでも凛は魔方陣の真ん中を万年筆で叩いた。

失敗しているはずの魔方陣は、今までにないぐらいの光を放ち、そこから何かが出てくる。どうやら凛が描いたのは召喚系の魔法だったらしい。そして召喚されたのは……なんとアミューだった。魔方陣から出てきたアミューは、驚いて周りを見渡している。

「これ……どういうこと？」

「……アミューを召喚しちゃった」

「はぁっ⁉」

アミューは凛をマジマジと見てから、大きなため息をついた。

（召喚の魔方陣なんて知らないくせに。よっぽど凛は……）

「仕方ないから僕も本気を出してあげる」

「本気？」

「うん。案内係の本気はちょっとすごいよ？」

アミューがそう言うと、案内板が光りだし二人は光に飲み込まれる。光に包まれて転送した先は、今までと同じ洞窟の中だった。

「えっと……？」

ぐおぉぉぉぉ
「⁉」

凛は今までで一番大きな音に驚く。

「どう？　僕の本気、すごいでしょ？」

「えっと……まさか。この先って」

　少し先の道から光が差していることに気付き、凛は恐る恐る聞いた。

「うん、すぐそこが龍のいる最奥だよ」

「!?」

「さ、冒険ももう終盤。行こう」

　まだ覚悟が決まっていない凛は、複雑な気持ちでアミューの後に続いた。

★↓百十七番へ

百三十一番

　凛は人形を突き放した。人形は地面に倒れ、何となく痛々しい姿になっている。

「もう、乱暴に扱わないでよ。本人が怪我でもしたらどうするの？」

　アミューは地面に落ちた人形を拾い上げて、椅子に座らせた。

「怪我……？」

「ま、僕たちにそれを調べる術はないけどね」

　そう言って、アミューは人形と椅子を道の隅っこに追いやった。

「さーて、じゃあ先に進もう」

凛は納得できていない部分があったが、アミューが詳しく話してくれるとは思えず、その言葉に従った。

★↓百三十四番へ

百三十二番

風の魔法を使うことを決めた凛は、勢い良く魔方陣を描いた。空中に魔方陣ができると、突然竜巻が起こった。すると凛の足元がふわっと浮き上がり、驚いた凛はアミューの腕をつかんだ。

「え、ちょっと!?」

二人はまだ発動をしていない風の魔法に飛ばされてしまったのだった。

★↓百二番へ

百三十三番

「砂時計、持ってるよね？」

「え……うん。ポリバケツを倒した時に、アミューが渡してくれた奴だよね」

凛はポシェットの中から、砂時計を取り出しアミューに渡した。

「これがあると、数秒時間を止められるんだ。だから移動する前に教えてあげる」

「？」

「この洞窟の中には、ポリバケツ以外にもモンスターはいたんだ。魚の切り身、古びた電球の集合体、古い鍋とフライパン。そして、肉や魚を保存している冷蔵庫もある。これらが示す、ここの洞窟の意味……もうわかったよね？」

今までにないほどの優しい笑みを浮かべながら、アミューは最後に本当のことを教えてくれた。

「……つまり？」

「食材や使い古された道具があるんだよ。そしてここは、江戸屋から繋がってる」

「うん……えっと？」

だが鈍い凛には、ここまでヒントをもらっても理解できなかったようだ。

「それ本気で言ってる？」

「うん」

「……もういい、凛にはこの洞窟への気持ちが足りないってわかった。帰るよ」

アミューはがっくりと肩を落とした。

「え、ちょっと中途半端！　最後まで教えてよ！」

「どこが！　それぐらい自分で考えてよ！　ヒントは十分だよ！　もう行くよ！」

そう言うと、アミューは今度こそ凛を連れて江戸屋へと戻ったのだった。

★↓百二十二番へ

百三十四番

広い場所に出ると、その場所の真ん中に異質なものがあった。

「電球？」

地面の中心に、細長い蛍光灯や丸い電球、豆電球など様々な形の電球が転がっている。そのどれもが黒ずんでおり、使い古された感じがあった。

「何あれ……わっ」

電球のいくつかが凛たちの所へ、地面伝いに転がってきた。凛たちがそれらを避けると、電球たちは壁まで転がり粉々に割れる。

「な……何なの？」

「多分……攻撃なんじゃないかな？」

アミューの視線の先を見ると、粉々になった電球たちは緑色の液体になってお
り、怪しげな煙を出していた。

「こっちも攻撃しないと、あの液体をかぶることになるよ」

と、他人事のようにアミューは言った。凜は……。

★魔法を使う↓百三十七番へ
★どんな電球があるのかもう少し近づく↓百四十番へ

百三十五番

「アミュー！　一緒に戦ってよ！」

凜は自分に出る限りの大きな声をあげる。それも、アミューの耳元で。

「うるさいっ！　それに近い!!」

「だって聞こえてないのかと思って」

凜とアミューが言い合いをしていると、モンスターが、二人に向かって卵焼き

機を投げつけてきた。

アミューは手に持っていた案内板で、卵焼き機を受け止める。だが案内板は木、卵焼き機は鉄。強度の弱い案内板には、ひびが入ってしまった。アミューの顔は、どんどんと真っ赤になっていく。

「覚悟はぁ～出来てんだろうなぁぁぁぁ!!」

キレたアミューは鼻息が荒く、鋭い目でモンスターを睨み付けた。

(僕の案内板……これ、誰が作ったと思ってるんだよ!!)

「ちょっ、アミュー!?」

アミューの身体が光っていくのを見て、身の危険を感じた凛は声をかけたが一足遅かった。

「僕を怒らせたこと、後悔させてやる!!」

アミューは持てる力の全てを解き放ち、モンスターだけではなく洞窟の一部も破壊してしまったのだった。

★↓九十九番へ

百三十六番

凛は複雑な形の魔方陣を書く。すると今度は強力な火力の火の玉が一つ現れた。

「凄い……けど、熱いっ！」

凛は慌てて火の玉から離れた。だが魔法は万年筆で魔方陣の真ん中を叩かない限り、発動することはない。

「凛、何やってるの！　早く発動させて！」

珍しくアミューがアドバイスをくれる。凛は火の玉に近づこうとしたが、熱くて一メートル以内に近づくことができない。

★魔方陣に向かって万年筆を投げる↓百三十九番へ

★熱いのを我慢する↓四十二番へ

百三十七番

とにかく攻撃をしなければと思い、万年筆で魔方陣を描いた。火の魔法、風の魔法、補助魔法が使える凛だが、今回は火の魔法を選んだようだ。

「電球は熱に弱い！　……たぶん」

そう言って、魔方陣の真ん中を叩くと、小さな火の玉が出現し、電球のモンスターへと飛び出した。電球は全ての火の玉を一身に受ける。すると、黒ずんでいた電球は新品同然の電球へと生まれ変わった。

「ど、どういうこと⁉」

凛は予想外の出来事に戸惑っている。だがモンスターは、電球の体力が回復したとばかりに反撃をしてきた。

「ちょっ……たんまっ」

凛の叫びもむなしく、凛は電球との戦いに敗れた。

★↓九十九番へ

百三十八番

オレンジのドアを開けると、細い道があり、その先は小部屋があった。そして地面には大きな魔方陣が描かれている。

「何……この部屋」

「転送部屋だね」

アミューがそう言ったのとほぼ同時ぐらいに、魔方陣が光を放ち二人は光の中に消えていった。

★↓百二十四番へ

百三十九番

凛はイチかバチか、魔方陣に向かって万年筆を投げつけた。ダーツをしている感覚で投げられた万年筆は、弧を描きながら魔方陣の真ん中にあたる。

大きな炎は一層激しくなり、ポリバケツへと一直線に向かっていった。そして、一瞬にしてポリバケツは溶けた——。

「やった……!?」

凛は見事モンスターを倒した。アミューは小さく首を振ってから、凛の隣まで歩いてくる。

「よくあの魔法を扱えたね」

「え？」

「魔方陣に近づけなかったのは、凛のレベルが足りなかったからなんだけど」

そう話すアミューは少し悔しそうだ。

「……それなのに、あんなアドバイスをしたの？」

「……さ、先に進もうか」

アミューは話しをごまかした。

「ちょっとアミュー!?」

「ほらほら、選んで目の前に二つのドアがあるよ」
★黄色いドアを開ける→百二十五番へ
★オレンジのドアを開ける→百三十八番へ

百四十番

凛は攻撃をする前に、電球を調べることにした。

「え、どこに行くの？」

後ろで見ていたアミューは、戸惑いの声を上げる。

「どこって、ちょっとこの電球の塊を近くで見てみようって思って」

凛の行動が全く理解できないアミューは、かける言葉をなくした。電球の塊も、攻撃を仕掛けてくるわけでもなく真っ直ぐに近づいてくる凛に対して、攻撃を仕掛けることができないようだ。

「ちょっとジッとしててね」

そう言って、凛は電球の一つに触れる。

「うーん……古いけど、でも丁寧に使われてる電球だね」

「！」

「黒ずんでるけど、こっちの電球とか磨かれてるし、こっちは黒ずみが少ないけど、でもやっぱり綺麗」

電球の塊は、一瞬優しい空気を流してから電気を光らせた。凛はまぶしさのあまりに目を閉じる。そして、光が落ち着いてから目を開けると、電球の塊は姿を消していた。後ろにいたアミューはパチパチと手を叩く。

「これは、さすがに予想できなかったよ」

「え、何が？」

「凛の勝ちだよ」

「勝ち……あ、もう戦わなくていいんだね！」

「……初めから戦ってはいなかった気はするけどね」

「あはは、そうかも」

電球の塊を退けた凛たちは、新しく現れた道を進む。いくつかの分かれ道をやり過ごしながら、ひたすら真っ直ぐに道を進んでいた。

「曲がったりしなくてよかったの？　というか、私に道を聞いてこなくなったし」

「あぁ、それは……」

ぐおぉぉぉぉ
前方から何かの雄叫びが聞こえてきた。これまで聞いた、どの音よりも大きい。

「……もしかして」

「そう。もう少しで龍の居場所だから、僕も観念して道案内をしているってわけ」

「観念って……」

凛はアミューの言葉にため息をついた。

「ま、正直なところ、凛がここまで頑張れる人だって思ってなかったよ。さすが、僕のマスターに気に入られてることはあるよね」

「その、サラッとマスターは自分のもの、みたいな発言はどうかと思うけど」

凛とアミューは無言で向き合った。

「ま、いいや。勝負は江戸屋に戻ってからだから」

そう言ってアミューは歩き出した。凛は何の勝負をするつもりだと思いながら、アミューの後に続いたのだった。

★→百十七番へ

平成出版 について

本書を発行した平成出版は、基本的な出版ポリシーとして、自分の主張を知ってもらいたい人々、世の中の新しい動きに注目する人々、起業家や新ジャンルに挑戦する経営者、専門家、クリエイターの皆さまの味方でありたいと願っています。

代表・須田早は、あらゆる出版に関する職務（編集、営業、広告、総務、財務、印刷管理、経営、ライター、フリー編集者、カメラマン、プロデューサーなど）を経験してきました。そして、従来の出版の殻を打ち破ることが、未来の日本の繁栄につながると信じています。

志のある人を、広く世の中に知らしめるように、商業出版として新しい出版方式を実践しつつ「読者が求める本」を提供していきます。出版について、知りたい事やわからない事がありましたら、お気軽にメールをお寄せください。

book@syuppan.jp　平成出版　編集部一同

MEIZ

——最奥の東京に眠るもの——

平成30年（2018）　7月18日　第一刷発行

著　者　如月 わだい（きさらぎ・わだい）

発行人　須田　早

発　行　平成出版 株式会社

〒104-0061　東京都中央区銀座７丁目１３番５号
ＮＲＥＧ銀座ビル１階
マーケティング室／東京都渋谷区恵比寿南２丁目
TEL　03-3408-8300　FAX 03-3746-1588
平成出版ホームページ　http://www.syuppan.jp
メール　book@syuppan.jp

発　売　株式会社 星雲社
〒112-0005　東京都文京区水道1-3-30
TEL 03-3868-3275（ご注文用）　FAX 03-3868-6588
http://www.canaria-book.com

編集協力／安田京祐、近藤里実
表紙デザイン／具志堅芳子（ぽん工房）
印刷／（株）ウイル・コーポレーション